CONOZCA A SHOOTER

Ha salido de la nada para acusarle del peor crimen que haya podido cometer jamás.

Usted no lo conoce, pero él sabe más sobre usted que lo que usted desearía que se supiera desde los secretos sexuales de su matrimonio hasta los pecados más vergonzosos de su pasado.

Está destruyendo todos los lugares adonde usted pueda acudir en busca de ayuda, y asesinando salvajemente a todo el que pueda ayudarle.

¿Qué quiere de usted?

Usted no tiene ni una pista, ni siquiera cuando el horror le acecha. Pero de una cosa puede estar seguro. Le guste o no, lo va a saber....

Ventana secreta, jardín secreto

STEPHEN KING

Ventana secreta, jardín secreto

A SIGNET BOOK

SIGNET
Published by the Penguin Group
Penguin Books USA Inc., 375 Hudson Street,
New York, New York 10014, U.S.A.
Penguin Books Ltd, 27 Wrights Lane,
London W8 5TZ, England
Penguin Books Australia Ltd, Ringwood,
Victoria, Australia
Penguin Books Canada Ltd, 10 Alcorn Avenue,
Toronto, Ontario, Canada M4V 3B2
Penguin Books (N.Z.) Ltd, 182-190 Wairau Road,
Auckland 10, New Zealand

Penguin Books Ltd, Registered Offices:
Harmondsworth, Middlesex, England

Publicado por Signet, una imprenta de Dutton Signet, una división de Penguin Books USA Inc. Esta edición se publica mediante convenio con Editorial Grijalbo, S.A. de C.V.

Primerta impresión Signet (edición español), Octobre de 1995
10 9 8 7 6 5 4 3 2 1

Copyright © Stephen King, 1990
Copyright © Editorial Grijalbo, S.A. de C.V, 1992
Reservados todos los derechos

 REGISTERED TRADEMARK—MARCA REGISTRADA

Impreso en los Estados Unidos de América

AVISO DEL EDITOR
Este libro es una obra de ficción. Nombres, personajes, lugares y acontecimientos son producto de la imaginación del autor o se utilizan de modo ficticio. Cualquier parecido con personas reales vivas o muertas, acontecimientos actuales, o lugares es mera coincidencia.

DESCUENTO DISPONIBLE PARA USO DE PROMOCION DE PRODUCTOS O SERVICIOS, PARA MAYOR INFORMACION FAVOR DE DIRIGIR CORRESPONDENCIA A: PREMIUM MARKETING DIVISION, PENGUIN BOOKS USA INC., 375 HUDSON STREET, NEW YORK, NY 10014.

Si usted a obtenido una copia de este libro sin su cubierta, le avisamos que es propiedad robada. Ha sido registrado en nuestos almacenes como tal. El autor y la casa editorial no han recibido remuneración por esta copia.

Ésta es para Chuck Verrill

Ventana secreta, jardín secreto

Una nota acerca de
Ventana secreta, jardín secreto

Soy una de esas personas que creen que la vida es una serie de ciclos —ruedas dentro de ruedas, unas que se enredan con otras, otras que giran solas, pero que todas ellas desarrollan una función, efímera y repetitiva. Esta imagen abstracta de la vida, semejante a una maquinaria eficiente, me resulta muy placentera debido, probablemente, a que la vida real parece tan confusa y extraña en lo íntimo y personal. De vez en cuando es muy reconfortante apartarse a un lado y decir: "¡Después de todo existe un patrón! ¡No estoy seguro de lo que significa, pero por Dios que lo veo!"

Pareciera que todos estos giros terminan sus ciclos más o menos al mismo tiempo, y cuando esto sucede —alrededor de cada veinte años sería mi conjetura— atravesamos por un periodo en el cual damos fin a muchas cosas. Los psicólogos han acuñado un término parlamentario para describir este fenómeno —lo llaman clausura.

Ahora tengo cuarenta y dos años, y cuando miro en retrospectiva los últimos cuatro años de mi vida, veo toda clase de clausuras. Esto es evidente tanto en mi trabajo como en todo lo demás. En *Eso*, me tomé una escandalosa cantidad de espacio para terminar con el tema de los niños y las inmensas percepciones que iluminan sus vidas interiores. El próximo año me propongo publicar la última novela sobre Castle Rock, *Needful Things* ("El perro Sun" forma un prólogo para esa novela). Y creo que esta historia es la última acerca de escritores y sus creaciones, y la extraña tierra de nadie que existe entre lo que es real y la fantasía. Considero que un buen número de mis lectores asiduos, quienes han tolerado pacientemente mi fascinación con este tema, se alegrarán al enterarse de esto.

Hace unos cuantos años publiqué una novela llamada *Misery*, en la cual traté, por lo menos en parte, de ilustrar el poderoso hechizo que la ficción puede ejercer en el lector. El año pasado publiqué *La mitad siniestra*, donde intenté explorar una percepción contraria: la poderosa atracción que la ficción puede ejercer en el escritor. Mientras este libro se encontraba en borrador, me vino la idea de que tal vez habría una forma de relatar ambas historias al mismo tiempo, enfocando algunos de los elementos de la trama de *La mitad siniestra* desde un ángulo totalmente diferente. Tengo la impresión de que el escribir es un acto secreto —tan secreto como los sueños— y nunca había pensado mucho en ese aspecto de este extraño y peligroso oficio.

Sabía que los escritores de vez en cuando revisan las obras anteriores —John Fowles lo hizo con *El mago*, y yo mismo lo he hecho con *The Stand*—, pero lo que tenía en mente no era una revisión. Mi intención era la de extraer los elementos familares y reunirlos en una forma completamente nueva. Ya lo había intentado por lo menos una vez antes, cuando restructuré y actualicé los elementos básicos de *Drácula*, de Bram Stoker para crear *'Salem's Lot*, y la idea resultó muy satisfactoria.

Un día a finales del otoño de 1987, mientras estas cosas daban vueltas en mi cabeza, me detuve en el cuarto de lavar de nuestra casa para echar a la lavadora una camisa sucia. Nuestro cuarto de lavar es un hueco pequeño y estrecho en el segundo piso. Dejé la camisa y me dirigí a una de las dos ventanas del cuarto. Fue una curiosidad fortuita, nada más. Hace once o doce años que vivimos en la misma casa, pero nunca me había asomado deliberadamente por esta ventana en particular. La razón es muy sencilla: está colocada a nivel del piso, oculta en su mayor parte por la secadora y medio bloqueada por canastas con piezas de ropa para remendar, por lo que resulta muy difícil asomarse por esa ventana.

No obstante, me deslicé entre los obstáculos y me

asomé. La ventana da a un pequeño espacio adoquinado entre la casa y el patio adjunto. Es un área que veo casi todos los días... pero el *ángulo* era nuevo. Mi esposa había puesto media docena de macetas ahí afuera, supongo que para que las plantas recibieran un poco del primer sol de noviembre, y el resultado era un jardín pequeño y encantador que sólo yo podía ver. La frase que se me ocurrió fue, desde luego, el título de este cuento. Me pareció una excelente metáfora para lo que los escritores —en especial los escritores de fantasía— hacen con sus noches y días. Sentarse ante una máquina de escribir o tomar un lápiz es un acto físico; la analogía espiritual consiste en asomarse a una ventana casi olvidada, una ventana que ofrece una visión común y corriente desde un ángulo completamente diferente... un ángulo que vuelve extraordinario lo común. La tarea del escritor es asomarse por esa ventana e informar sobre lo que ve.

Pero algunas veces se rompen las ventanas. Creo que eso, sobre todo, es el tema de esta historia: ¿qué le sucede al observador atento cuando se rompe la ventana entre la realidad y la fantasía, y empiezan a volar los cristales?

1

—Usted me robó mi cuento —dijo el hombre en el umbral de la puerta—. Usted se robó mi cuento y es necesario que se haga algo al respecto. Lo correcto es lo correcto y lo justo es lo justo, y es necesario que se haga algo.

Morton Rainey, quien se acababa de levantar de una siesta y quien todavía se sentía a la mitad del mundo real, no tuvo la menor idea de cuál debía ser su respuesta. Esto nunca le sucedía cuando estaba trabajando, enfermo o sano, plenamente despierto o medio dormido; era un escritor, y rara vez se desconcentraba cuando se requería llenarle la boca a un personaje con una réplica pertinente. Rainey abrió la boca, no encontró ahí ninguna respuesta oportuna (de hecho, ni siquiera una congruente) y la cerró de nuevo.

Pensó: *Este hombre no parece real. Parece un personaje salido de una novela de William Faulkner.*

Este concepto no ayudaba a resolver la situación, pero era cierto, sin duda. El hombre que había tocado el timbre de la puerta de Rainey en la versión de Maine occidental de ningún sitio, se veía como de cuarenta y cinco años. Era muy delgado. El rostro calmado, casi sereno, pero esculpido con arrugas profundas. Se extendían en sentido horizontal por la frente alta en ondas regulares, se difundían descendentes en vertical desde las comisuras de los estrechos labios hasta la mandíbula e irradiaban hacia afuera en diminutas gotas desde los extremos de los ojos. Los ojos eran de un azul brillante, inalterable. Rainey no pudo distinguir el color de su cabello; traía un gran sombrero negro, con una copa redonda, plantado rotundamente en la cabeza. La cara inferior del ala tocaba las puntas de sus orejas. Era semejante al tipo de sombrero que usan los cuáqueros.

Tampoco tenía patillas y, por lo que deducía Morton Rainey, bajo el sombrero de fieltro de copa redonda podría estar tan calvo como Telly Savalas.

Llevaba puesta una camisa azul de trabajo. La botonadura cerrada hasta la carne del cuello, floja y enrojecida por la navaja de afeitar, aunque no llevaba corbata. El extremo de la camisa desaparecía en un par de pantalones de mezclilla que se veían un poco grandes para el hombre que los usaba. Terminaban en un doblez que caía con pulcritud sobre un par de zapatos de trabajo amarillo descolorido que parecían fabricados para caminar en un surco de tierra agotada a un metro de distancia del trasero de una mula.

—¿Bien? —preguntó cuando Rainey continuó en silencio.

—Yo no lo conozco —dijo Rainey por fin. Era lo primero que decía desde que se había levantado del sofá para abrir la puerta, y le sonó sublimemente estúpido a sus propios oídos.

—Ya lo sé —dijo el hombre—. *Eso* no importa. Yo lo conozco a *usted,* señor Rainey. *Eso* es lo que importa —y después reiteró—: Usted se robó mi cuento.

El hombre levantó la mano, y hasta entonces Rainey vio que tenía algo en ella. Era un fajo de papeles. Pero no un viejo fajo de papeles cualquiera; era un manuscrito. *Después de que te has dedicado a este negocio por un tiempo,* pensó, *siempre reconoces el aspecto de un manuscrito.* En especial el de uno que no se ha solicitado.

Y, con bastante retraso, pensó: *Fue una suerte que no fuera una pistola, amigo Mort. Hubieses llegado al infierno antes de que te enteraras que te habías muerto.*

Y, con más retraso aún, se dio cuenta de que probablemente estaba tratando con uno de los Sujetos Chiflados. La demora era considerable, desde luego; si bien sus tres últimos libros habían sido éxitos en venta, ésta era la primera visita de un miembro de esa legendaria tribu. Sintió una combinación de temor y disgusto, y sus pensamientos se estrecharon hasta un solo punto: cómo librarse del sujeto lo antes posible, y con la menor discordia posible.

—No leo manuscritos... —empezó.

—Éste ya lo leyó —dijo en el mismo tono el hombre con el rostro de un laborioso aparecero—. Se lo robó —hablaba como si comentara un hecho simple, como un hombre que señala que ha salido el sol y que es un agradable día de otoño.

Parecía que todos los pensamientos de Mort estaban retrasados esta tarde; por primera vez se dio cuenta de lo solitario que estaba aquí. Había llegado a la casa en Tashmore Glen a principios de octubre, después de dos meses miserables en Nueva York; su divorcio apenas había concluido la semana anterior.

Era una casa grande, pero funcionaba como lugar de verano, y Tashmore Glen era un pueblo de veraneo. En este acceso en particular, que corría a lo largo del norte de la bahía del lago Tashmore, había tal vez veinte quintas campestres, y en julio y agosto la mayoría, o todas, estaban habitadas... pero ahora no era julio ni agosto. Eran los últimos días de octubre. Comprendió que era probable que el sonido de una pistola se desvaneciera sin que nadie lo oyera. Si llegaba a oírse, los escuchas supondrían que alguien estaba cazando codornices o faisanes... era la temporada.

—Le puedo asegurar...

—Ya *sé* que puede —dijo el hombre del sombrero negro con la misma paciencia sobrenatural—. Ya lo *sé*.

Detrás de él, Mort podía ver el auto en que había venido el hombre. Era una vieja furgoneta con la apariencia de haber visto un buen número de kilómetros, muy pocos de ellos en caminos buenos. Podía ver que la matrícula no era del estado de Maine, pero no distinguía el estado al que *pertenecía*; desde algún tiempo atrás sabía que era necesario que visitara al optometrista para que le cambiara los lentes, incluso a principios del verano pasado había planeado cumplir con esa tarea, pero en eso, un día de abril, Henry Young lo había llamado para preguntarle quién era el sujeto con el que había visto a Amy en el centro comercial

—¿algún pariente, quizá?— y así habían empezado las sospechas que culminaron con el horripilante divorcio rápido y discreto, sin culpas para nadie, la tormenta de mierda que había absorbido todo su tiempo y energía en los últimos meses. Durante esa etapa ya era un triunfo si se acordaba de cambiarse la ropa interior, ya no digamos manejar asuntos tan esotéricos como las citas con el optometrista.

—Si quiere hablar con alguien acerca de algún agravio que cree que ha sufrido —empezó Mort inseguro, odiando el sonido pomposo y engreído de su propia voz, pero incapaz a la vez de concebir otra respuesta—, podría hablar con mi re...

—Esto es entre usted y yo —dijo el hombre en el umbral con toda paciencia. Bump, el gato de Mort, había estado enroscado sobre el bajo gabinete construido a un lado de la casa (tenías que guardar la basura en un compartimiento cerrado o en la noche aparecían los mapaches y convertían el lugar en un desastre) y ahora saltó y serpenteó sinuosamente entre las piernas del desconocido. Los ojos azul brillante del desconocido nunca se despegaron del rostro de Rainey—. No necesitamos personas ajenas al asunto, señor Rainey. Esto es entre usted y yo estrictamente.

—No me agrada que se me acuse de plagio, si eso es lo que está haciendo —dijo Mort. Al mismo tiempo, una parte de su mente le advertía que tuviese mucho cuidado en los tratos con miembros de la tribu de los Subjetos Chiflados. ¿Tomarlos a broma? Sí. Pero no parecía que este sujeto trajera pistola, y Mort lo superaba en peso, por lo menos, por veinte kilos. *También tengo cinco o diez años menos que él, por lo que se ve,* pensó. Había leído que un auténtico Sujeto Chiflado podía desplegar una fuerza anormal, pero que se condenara si simplemente se limitaba a permanecer ahí y permitía que este hombre, a quien nunca había visto antes, siguiera afirmando que él, Morton Rainey, le había robado un cuento. No sin alguna clase de refutación.

—No lo culpo porque no le guste —dijo el hombre

del sombrero negro. Hablaba en la misma forma paciente y serena. Mort pensó que se expresaba como un terapeuta cuyo trabajo es enseñar a niños que sufren un leve retardo mental—. Pero lo hizo. Se robó mi cuento.

—Haga el favor de irse —dijo Mort. Ya se había despertado del todo, y ya no se sentía tan desconcertado, con tanta desventaja—. No tengo nada que hablar con usted.

—Sí, me iré —dijo el hombre—. Ya hablaremos más sobre este asunto —le tendió el manuscrito, y Mort, involuntariamente, levantó el brazo para tomarlo. Bajó la mano a un costado justo antes de que el huésped, inesperado e indeseable, pudiese deslizar el manuscrito en ella, como el notificador de un juicio que por fin le entrega un citatorio a un hombre que lo ha estado eludiendo durante meses.

—No voy a recibir eso —dijo Mort, y parte de él se maravilló del animal tan adaptable que era el hombre; cuando alguien te tiende algo, la primera reacción te impulsa a recibirlo. No importa si es un cheque por mil dólares o un cartucho de dinamita con la mecha encendida y silbante, el primer instinto te impulsa a recibirlo.

—No es conveniente que trate de jugar conmigo, señor Rainey —dijo el hombre con suavidad—. Esto *tiene* que arreglarse.

—En lo que a mí me concierne, ya lo está —respondió Mort y cerró la puerta ante ese rostro arrugado, usado y en cierta forma sin edad.

Sólo había sentido miedo durante un momento o dos, y eso había ocurrido cuando se dio cuenta, de una manera desorientada y nublada por el sueño, de lo que decía este hombre. Después, el enojo se había tragado al temor —enojo porque se le molestara durante la siesta, y más enojo ante la comprensión de que lo estaba molestando un representante de los Sujetos Chiflados.

Una vez que cerró la puerta, lo invadió el miedo de nuevo. Apretó los labios y esperó que el hombre empezara a golpearla. Y cuando no sucedió nada de eso, se convenció de que el hombre seguía ahí afuera, tan quieto y tan paciente como una piedra, aguardando a que él volviera a abrir la puerta... como tendría que hacerlo, tarde o temprano.

Entonces escuchó un ruido sordo, seguido por una serie de pasos ligeros que cruzaban los tablones del pórtico. Mort se dirigió al dormitorio principal, el cual tenía vista hacia el camino de entrada. La habitación tenía dos grandes ventanas, una que daba a la entrada y al lomo de la colina detrás de ella, y la otra que proporcionaba un panorama de la pendiente que llegaba a la extensión azul y placentera del lago Tashmore. Ambas ventanas eran reflejantes, lo que significaba que él podía ver a través de ellas, pero cualquiera que tratara de mirar al interior sólo vería su propia imagen distorsionada, a menos que pusiera la nariz contra el cristal y utilizara las manos para protegerse los ojos del brillo.

Vio que el hombre con la camisa de trabajo y los pantalones de mezclilla con el extremo doblado caminaba hacia la vieja furgoneta. Desde este ángulo pudo distinguir el estado emisor de la matrícula... Mississippi. Cuando el hombre abrió la portezuela del lado del conductor, Mort pensó: *Oh, mierda. La pistola está en el auto. No la trajo con él porque creyó que podría razonar conmigo... cualquiera que sea su idea de "razonamiento". Pero ahora la va a sacar y volverá. Probablemente la tiene en la guantera o bajo el asiento...*

Pero el hombre se sentó detrás del volante, y sólo se entretuvo lo suficiente para quitarse el sombrero y dejarlo caer en el asiento contiguo. Cuando cerró la portezuela y puso el motor en marcha, Mort pensó: *Ahora noto en él algo diferente*. No obstante, Mort no se dio cuenta de qué era hasta que el indeseable visitante vespertino retrocedió por la entrada y quedó fuera de la vista, detrás de la gruesa pantalla de arbustos, cuya poda siempre se le olvidaba.

Cuando el hombre subió al auto, ya no llevaba el manuscrito.

2

Estaba en el pórtico trasero. Sobre él tenía una roca para evitar que la ligera brisa desparramara las páginas sobre el pequeño espacio frente a la entrada. El ruido sordo que escuchó lo produjo el hombre al colocar la roca sobre el manuscrito.

Mort permaneció en la entrada, contemplándolo, con las manos en los bolsillos de los pantalones caqui. Sabía que la demencia no era contagiosa (excepto tal vez en casos de explosición prolongada, suponía), pero aun así no quería tocar la maldita cosa. Sin embargo, sospechaba que tendría que hacerlo. Ignoraba cuánto tiempo pasaría ahí —un día, una semana, un mes o un año, todo parecía igualmente posible en este punto— pero no podía dejar la jodida cosa en ese lugar. Por una parte, Greg Carstairs, el encargado, vendría esta tarde para darle un estimado de cuánto costaría rentejar la casa, y se preguntaría qué era eso. Y peor aún, lo más probable era que pensara que pertenecía a Mort, y eso implicaría más explicaciones de las que merecía el maldito asunto.

Continuó en el mismo sitio hasta que el sonido del motor de su visitante se fusionó con el lento y bajo zumbido de la tarde, y entonces salió al pórtico, caminando cuidadosamente con los pies descalzos (desde hacía un año el pórtico necesitaba pintarse, y la madera seca estaba llena de astillas potenciales) y lanzó la roca al barranco rebosante de enebros a la izquierda del pórtico. Levantó la pequeña pila de páginas y la miró. La primera hoja era la página del título. Decía:

VENTANA SECRETA, JARDÍN SECRETO
por John Shooter

Mort sintió un momento de alivio, aun contra su voluntad. Nunca había oído hablar de John Shooter, y nunca había leído o escrito un cuento llamado "Ventana secreta, jardín secreto" en toda su vida.

Ya dentro de la casa, dejó caer el manuscrito en el canasto de la basura de la cocina, regresó al sofá de la sala, se recostó y, en cinco minutos, se quedó dormido.

Soñó con Amy. En esos días, dormía gran parte del tiempo y casi siempre soñaba con Amy, y ya no le sorprendía que lo despertara el sonido de sus propios gritos ásperos. Suponía que eso desaparecía poco a poco.

3

La mañana siguiente, Mort estaba sentado frente al procesador de palabras en el pequeño rincón de la sala que siempre había utilizado como estudio cuando pasaban ahí el verano. El procesador de palabras estaba encendido, pero Mort miraba al lago por la ventana. Dos botes de motor cruzaban el lago, cortando estelas anchas y blancas en el agua azul. Al principio había creído que eran pescadores, pero nunca habían reducido la velocidad —sólo navegaban de un lado a otro, atravesándose el uno al otro frente a la proa en grandes arcos. Chicos, decidió. Sólo chicos que se divertían.

No hacían nada muy interesante, pero, dado el caso, él tampoco. Desde que se había separado de Amy no había escrito nada que valiera un comino. Todos los días se sentaba frente al procesador de palabras de las nueve a las once, como lo había hecho todos los días durante los últimos tres años (y como había pasado esas dos horas, cerca de mil años antes, sentado frente a un viejo modelo de máquina de escribir Royal de oficina), pero para los resultados que estaba obteniendo, muy bien podría cambiarlo por un bote de motor y dedicarse a retozar en el lago con los chicos.

Hoy, durante la jornada de dos horas, había escrito las siguientes líneas de prosa inmortal

```
CUATRO DÍAS DESPUÉS DE QUE GEORGE CONFIRMÓ A
SU SATISFACCIÓN QUE LO ENGAÑABA SU ESPOSA, SE
ENFRENTÓ A ELLA.
—TENGO QUE HABLAR CONTIGO, ABBY —DIJO.
```

No estaba bien.

Se parecía demasiado a la vida real para que sonara bien.

Nunca había sido muy eficiente cuando se trataba de la vida real. Tal vez eso era parte del problema.

Apagó el procesador de palabras, y un segundo después de mover el interruptor, se dio cuenta de que se había olvidado de grabar el documento. Bueno, no era problema. Tal vez había sido el crítico en su subconsciente que le decía que no valía la pena que guardara el documento.

Aparentemente, la señora Gavin ya había terminado con la parte de arriba; por fin había cesado el zumbido de la Electrolux. La señora Gavin venía a limpiar todos los martes, y dos semanas antes, cuando Mort le dijo que Amy y él se habían separado, se había sumido en un silencio muy poco característico de ella. Mort sospechaba que había sentido mucho más agrado por Amy que por él. Pero seguía viniendo, y Mort suponía que ya era algo.

Se puso de pie y salió de la sala justo en el momento en que la señora Gavin bajaba la escalera principal. Sostenía la manguera de la aspiradora y arrastraba tras ella el pequeño aparato tubular. El aparato descendía con una serie de ruidos sordos, parecido a un pequeño perro mecánico. *Si yo tratara de tirar de la aspiradora por las escaleras en esa forma, me golpearía los tobillos y caería rodando hasta abajo*, pensó Mort. *Me pregunto cómo se las arregla para hacerlo sin incidentes.*

—Hola, señora Gavin —dijo, y cruzó la sala hacia la puerta de la cocina. Quería una Coca Cola. Cuando escribía para mierda, siempre le daba sed.

—Hola, señor Rainey —Mort había intentado, sin éxito, que lo llamara Mort. Ni siquiera le decía Morton. La señora Gavin era una mujer de principios, pero esos principios no habían evitado que le dijera Amy a su esposa.

Tal vez debería decirle que encontré a Amy en la cama con otro hombre en uno de los mejores hoteles de Derry, pensó Mort mientras empujaba la puerta batiente. *Por lo menos volvería a llamarla señora Rainey.*

Éste era un pensamiento desagradable y mezquino, la clase de proceso mental que sospechaba estaba en la raíz de sus problemas para escribir, pero parecía carecer de la capacidad para evitarlo. Tal vez también pasaría... como los sueños. Por alguna razón, esta idea lo hizo que recordara una calcomanía que había visto en una ocasión en la defensa trasera de un VW sedán muy viejo. ESTREÑIDO... NO PUEDE PASAR, decía.

Cuando la puerta de la cocina osciló hacia atrás, la señora Gavin le dijo:

—Señor Rainey, encontré uno de sus cuentos en la basura. Pensé que era probable que lo quisiera, así que lo puse sobre la cubierta de la alacena.

—Está bien —respondió, sin la menor idea acerca de qué le hablaba. No tenía la costumbre de tirar en el basurero de la cocina los manuscritos malos, o fragmentos de ellos. Cuando producía una porquería, y en los últimos meses había producido más de lo que le correspondía, se iba directamente al limbo de datos o al archivo circular a la derecha del procesador de palabras.

El hombre con el rostro arrugado y el sombrero negro de cuáquero ni siquiera le pasó por la mente.

Abrió la puerta del refrigerador, movió dos pequeños recipientes Tupperware con sobrantes irreconocibles, descubrió una botella de Pepsi y la destapó mientras cerraba la puerta del refrigerador con un empujón de la cadera. Cuando se disponía a tirar la tapa al basurero, vio el manuscrito —la página del título se había manchado con algo que parecía jugo de naranja pero, aparte de eso, estaba bien— reposando en la cubierta de la alacena junto a la Silex. *Entonces* se acordó. John Shooter, correcto. Miembro fundador de los Sujetos Chiflados, Filial de Mississippi.

Bebió un trago de la Pepsi y después recogió el manuscrito. Puso la página del título hasta el final y vio esto en el encabezamiento de la primera página:

John Shooter
Lista de Correos
Dellacourt, Mississippi

30 páginas
7 500 palabras aproximadamente
Venta de los primeros derechos de serie,
Norteamérica

VENTANA SECRETA, JARDÍN SECRETO
por John Shooter

El manuscrito estaba mecanografiado en un papel bond de buena calidad, pero la máquina debió haber sido un caso triste —un viejo modelo de oficina, por la apariencia, y a la cual no se le había dado mantenimiento en años. La mayoría de las letras estaban tan torcidas como los dientes de un anciano.

Leyó la primera oración, después la segunda, luego la tercera, y la claridad del pensamiento se interrumpió por unos cuantos momentos.

```
TODO DOWNEY PENSABA QUE LA MUJER QUE TE
ROBA TU AMOR CUANDO ESE AMOR ES TODO LO QUE
TIENES REALMENTE, NO VALE GRAN COSA COMO
MUJER. POR LO TANTO, DECIDIÓ MATARLA. LO
HARÍA EN LA PROFUNDA ESQUINA QUE SE FORMA
DONDE SE UNEN EN UN ÁNGULO EXTREMO LA CASA
Y EL GRANERO... LO HARÍA DONDE SU ESPOSA
CULTIVABA UN JARDÍN.
```

—Oh, mierda —dijo Mort, y puso el manuscrito otra vez sobre la cubierta. Su brazo tropezó con la botella de Pepsi. Se volcó, arrojando espuma y efervescencia sobre la cubierta y el frente del gabinete—. ¡Oh, MIERDA! —gritó.

La señora Gavin acudió de inmediato, revisó la situación y dijo:

—Vaya, no es nada. Por la forma en que gritó, pensé que se había cortado la garganta. ¿Quiere moverse un poco, señor Rainey?

Mort se movió, y lo primero que hizo fue recoger el fajo del manuscrito del gabinete y sostenerlo en las manos. No le había pasado nada; la gaseosa había corrido hacia el otro lado. En un tiempo había sido un hombre con un sentido del humor bastante aceptable —así lo había considerado él, de cualquier modo— pero cuando miró el pequeño fajo de papel en sus manos, lo mejor que se le ocurrió fue un amargo sentido de ironía. *Es como el gato de la canción de cuna,* pensó. *El que siempre regresaba.*

—Si se propone arruinarlo —dijo la señora Gavin, señalando el manuscrito mientras sacaba una toalla de cocina de debajo del fregadero—, no hay duda de que lo conseguirá.

—No es mío —dijo, ¿pero acaso no era curioso? Ayer, cuando casi extendió la mano para tomar el manuscrito del hombre que se lo llevó, había pensado en el animal tan adaptable que era el ser humano. Aparentemente, ese apremio por adaptarse se extendía en todas direcciones, porque cuando leyó esas tres oraciones lo primero que sintió fue culpa... ¿y no era eso precisamente lo que Shooter (si ése era su verdadero nombre) quería que sintiese? Por supuesto que sí. *Usted se robó mi cuento,* había dicho, ¿y no se suponía que los ladrones deben sentirse culpables?

—Perdón, señor Rainey —dijo la señora Gavin, con el trapo para los platos en la mano.

Morton dio unos pasos hacia un lado para que la señora Gavin pudiese alcanzar el líquido derramado.

—No es mío —repitió... insistió, en realidad.

—Ah —respondió la señora Gavin, al tiempo que secaba la gaseosa vertida y se acercaba al fregadero para exprimir el trapo—. Pensaba que sí era.

—Aquí dice John Shooter —dijo Mort, mientras colocaba de nuevo la página del título encima del fajo y se volvía hacia la señora Gavin—. ¿Ve?

La señora Gavin favoreció la página del título con la mirada más breve que permitía la cortesía, y después empezó a secar el frente del gabinete.

—Pensé que era uno de esos como-se-llamen —dijo—. Seudonombres. O nimos. Cualquiera que sea la palabra para los nombres ficticios.

—Yo no uso ninguno —respondió Mort—. Nunca lo he hecho.

Esta vez lo favoreció a *él* con un breve vistazo —con la sagacidad campesina y ligeramente divertida— antes de ponerse de rodillas para limpiar el charco de Pepsi en el piso.

—No creo que me lo diría si así fuera —sentenció.

—Lamento el accidente —dijo Mort, mientras se dirigía a la puerta.

—Para eso estoy —contestó lacónica. No levantó la vista de nuevo. Mort recibió la indirecta y salió.

Se quedó en la sala por un momento, mirando la aspiradora abandonada en la mitad del tapete. En la cabeza, escuchaba al hombre con el rostro arrugado que decía pacientemente: *Esto es entre usted y yo. No necesitamos personas ajenas, señor Rainey. Esto es entre usted y yo estrictamente.*

Mort pensó en ese rostro, lo llevó con todo cuidado a una mente que estaba entrenada para recordar rostros y acciones, y pensó: *No fue únicamente una aberración momentánea o una forma extravagante de conocer a un autor a quien tal vez considera famoso. Volverá.*

De pronto, se encaminó de regreso a su estudio, enrollando el manuscrito mientras lo hacía.

4

Tres de las cuatro paredes del estudio estaban cubiertas con estantes para libros, y uno de ellos estaba destinado exclusivamente para las diversas ediciones, nacionales y extranjeras, de sus obras. En total, había publicado seis libros: cinco novelas y una colección de cuentos. Su familia inmediata y unos cuantos amigos dieron una buena acogida al libro de cuentos y a las dos primeras novelas. Su tercera novela, *El chico del organillero*, había sido un éxito instantáneo. Después de esa notoriedad, se habían vuelto a editar sus primeras obras y se habían vendido bastante bien, pero nunca habían sido tan populares como sus últimos libros.

La colección de cuentos se llamaba *Todo el mundo critica,* y la mayor parte de los relatos se habían publicado originalmente en revistas para hombres, intercalados entre fotografías de mujeres con abundante maquillaje en los ojos y no mucho más. Sin embargo, la *Revista de Misterio de Ellery Queen* había publicado uno de los cuentos. Se titulaba "Temporada de siembra", y ése era el cuento que se proponía revisar.

> Una mujer que te roba tu amor cuando ese amor es todo lo que tienes, no vale mucho como mujer... ésa era, por lo menos, la opinión de Tommy Havelock. Decidió matarla. Incluso sabía el lugar donde lo haría, el lugar exacto: la pequeña área de jardín que ella cultivaba en el ángulo extremo que se formaba donde se unían la casa y el granero.

Mort se sentó y cotejó lentamente los dos cuentos, leyendo hacia adelante y hacia atrás. Cuando había leído más o menos la mitad de ambos cuentos, comprendió que no era necesario que continuara. En algunos párrafos variaban en la dicción; en muchos otros era la misma, palabra por palabra incluso. Aparte de la dicción, eran *exactamente* iguales. En ambos, un hombre mataba a su esposa. En ambos, la esposa era una arpía fría y adusta, cuyos únicos intereses eran su jardín y sus conservas. En ambos cuentos, el asesino enterraba a la esposa víctima en el jardín, y después lo cultivaba con esmero, con el resultado de una cosecha realmente espectacular. En la versión de Morton Rainey, la cosecha era de frijoles. En la de Shooter, de maíz. En ambas versiones, el asesino perdía la razón con el tiempo y la policía lo encontraba comiendo enormes cantidades de la planta en cuestión, mientras juraba que se libraría de ella, que por fin se libraría de ella para siempre.

Mort nunca se había considerado como un escritor de novelas de terror —y "Temporada de siembra" no contenía nada sobrenatural—, pero de todos modos había sido una pequeña pieza escalofriante. Cuando Amy la terminó de leer con un estremecimiento, había comentado:

—Supongo que es buena, pero la mente de ese hombre... Dios, Mort, era una lata de gusanos.

El comentario había resumido con exactitud sus propias emociones. El paisaje de "Temporada de siembra" no era uno que le agradara recorrer con frecuencia, no era "Revelaciones del corazón", pero creía que había realizado un buen trabajo en la descripción del colapso homicida de Tom Havelock. El editor de la *Revista de Misterio de Ellery Queen* había estado de acuerdo, y los lectores también —el cuento había generado una correspondencia positiva. El editor le había solicitado más sobre el mismo tema, pero a Mort nunca se le había vuelto a ocurrir otra historia que se pareciera siquiera remotamente a "Temporada de siembra".

—Sé que lo puedo hacer —dijo Todd Downey, al servirse otra mazorca de maíz de la escudilla hirviente—. Estoy seguro de que con el tiempo habrá desaparecido todo rastro de ella.

Así terminaba la versión de Shooter.

—Tengo plena confianza en que puedo ocuparme de este asunto —les dijo Tom Havelock y se sirvió otra ración de frijoles de la rebosante escudilla hirviente—. Estoy seguro de que, con el tiempo, su muerte será un misterio incluso para mí.

Así terminaba la versión de Mort Rainey.
Mort cerró el ejemplar de *Todo el mundo critica* y lo volvió a colocar cuidadosamente en el estante de sus primeras ediciones.
Se sentó y empezó a hurgar con lentitud y minuciosidad los cajones de su escritorio. Era un mueble grande, tan grande que los hombres de la mudanza lo habían tenido que meter en secciones a la habitación, y tenía numerosos cajones. El escritorio era de su dominio exclusivo; ni Amy ni la señora Gavin le habían puesto la mano encima una sola vez, y los cajones estaban llenos con el equivalente a diez años de cachivaches acumulados. Hacía cuatro años que Mort había dejado de fumar, y si aún quedaba algún cigarrillo en la casa, aquí es donde estaría. Si encontraba uno, lo fumaría de inmediato. Ahora mismo, estaba desesperado por fumar. Si no encontraba ninguno, no era problema; el sólo revolver estas baratijas lo calmaba. Viejas cartas que había apartado para contestarlas y nunca lo había hecho, lo que una vez parecía tan importante, ahora se veía antiguo, incluso arcano; tarjetas postales que había comprado, pero que nunca envió; trozos de manuscritos en diversas etapas de progreso; media bolsa de Doritos bastante viejos; sobres; broches para papel; cheques cancelados. Podía sentir estratos que casi eran geológicos —estratos de vida de verano congelados en el lugar. Y eso *era* calmante. Terminó con un cajón y pasó al siguiente, sin dejar de pensar en John Shooter y

cómo lo había hecho sentir el cuento de John Shooter
—¡maldita sea, el cuento que era *suyo*!

Lo más obvio, desde luego, era lo había hecho sentir que necesitaba un cigarrillo. No era la primera vez que le pasaba en los últimos cuatro años; hubo ocasiones en que la visión de alguien que fumaba detrás del volante en un auto junto al suyo en una luz de alto, provocaba un furioso anhelo momentáneo por el tabaco. Pero en ese caso la palabra clave, desde luego, era "momentáneo". Esas sensaciones desaparecían de inmediato, como chubascos feroces —el sol brillaba de nuevo cinco minutos después de que había caído del cielo una cegadora cortina plateada de lluvia. Nunca había sentido la necesidad de dirigirse a la primera tienda en el camino para conseguir una dosis de humo... o ponerse a rebuscar en la guantera uno o dos cigarrillos caídos por ahí, como ahora rebuscaba en el escritorio.

Se sentía *culpable,* y eso era absurdo. Enloquecedor. Él no había robado el cuento de John Shooter, y sabía que no lo había hecho —si ocurrió algún plagio (y la ocurrencia era indudable, ya que a Mort le resultaba imposible creer que los dos cuentos fuesen tan similares sin conocimiento previo de uno de los escritores), entonces tenía que ser *Shooter* quien se lo había robado a *él*.

Por supuesto.

Era tan evidente como la nariz en su rostro... o el sombrero negro redondo en la cabeza de John Shooter.

Sin embargo, se sentía intranquilo, inquieto, culpable... se sentía *desconcertado* en una forma para la cual tal vez se carecía de la palabra adecuada. ¿Y por qué? Bueno... porque...

En ese momento, Mort sacó una fotocopia del manuscrito de *El chico del organillero,* y ahí, bajo ésta, estaba una cajetilla de cigarrillos L & M. ¿Todavía *producían* L & M? No lo sabía. La cajetilla era vieja, arrugada, pero no estaba aplastada, definitivamente. La sacó y la miró. Reflexionó que debía haber comprado esa cajetilla particular en 1985, de acuerdo con la

ciencia informal de estratificación que se podría llamar
—a falta de una mejor palabra— escritoriología.

Atisbó el interior de la cajetilla. Vio tres pequeños
cigarrillos, en fila.

Viajeros en el tiempo de otra época, pensó Mort. Se
puso uno de los cigarrillos en la boca y después fue a
la cocina en busca de una cerilla de la caja junto a la estufa. *Viajeros en el tiempo de otra época, acercándose
a través de los años, pacientes itinerantes cilíndricos,
con la misión de esperar, perseverar, ocultarse hasta
que llegue el momento adecuado para lanzarme de
nuevo por el camino del cáncer pulmonar. Y parece que
por fin llegó la hora.*

—Es probable que sepa a mierda —dijo en voz alta
en la casa vacía (ya hacía un buen rato que la señora
Gavin se había marchado), y encendió la punta del
cigarrillo. Sin embargo, no sabía a mierda. Sabía
bastante bien. Regresó distraído a su estudio, fumando
con una agradable exaltación. *Ah, la terrible persistencia paciente de la adicción,* pensó. ¿Qué había
dicho Heminway? No este agosto, no este septiembre...
este año tienes que hacer lo que quieras. Pero el tiempo
sigue girando. Siempre lo hace. Tarde o temprano te
vuelves a meter algo en esa boca estúpida, grande y
vieja. Un trago, un cigarrillo, tal vez el cañón de una
pistola. No este agosto, no este septiembre...

... desafortunadamente, era octubre.

En un punto anterior de su exploración, había
encontrado un viejo frasco medio lleno de cacahuates
Planter's. Dudaba que los cacahuates estuviesen en
condiciones de comerse, pero la tapa del frasco
funcionó como un estupendo cenicero. Se sentó detrás
del escritorio, miró hacia el lago (al igual que la señora
Gavin, ya se habían ido los botes que vio más
temprano), saboreó el detestable viejo hábito, y
descubrió que podía pensar con más ecuanimidad en
John Shooter y el cuento de John Shooter.

El hombre era uno de los Sujetos Chiflados, por
supuesto; eso ahora estaba demostrado por escrito, si se
necesitaba otra prueba. Y en cuanto a cómo se había

sentido ante el descubrimiento de que la similitud era real...
 Bueno, un cuento era una cosa, una cosa *tangible* —de cualquier modo, podías considerarlo así, especialmente si alguien te había pagado por él— pero en otra forma, más importante, no era una cosa en absoluto. No era igual a un jarrón, o una silla, o un automóvil. Era tinta sobre papel, pero no era la tinta ni era el papel. En ocasiones, la gente le preguntaba dónde obtenía sus ideas, y aun cuando tomaba a la ligera esa curiosidad, siempre hacía que se sintiera vagamente avergonzado, vagamente falso. Por lo visto, esas personas suponían que existía un Tiradero Central de Ideas en algún punto desconocido (igual que se suponía que existía un cementerio de elefantes en alguna parte y una fabulosa ciudad perdida en otro sitio), y que él poseía un mapa secreto que lo guiaba de ida y vuelta a ese punto, pero Mort sabía que no era así. Podía recordar *dónde estaba* cuando concibió ciertas ideas, y sabía que, con frecuencia, esa idea era resultado de que veía o percibía una extraña relación entre objetos o acontecimientos o personas, los cuales aparentemente nunca habían tenido la más mínima relación, pero ésa era la mejor explicación que se le ocurría. En cuanto a la razón por la cual tenía la facultad para percibir esas conexiones o quería convertirlas en una historia... no tenía el menor indicio.
 Si John Shooter, al presentarse en su puerta, hubiese dicho "usted se robó mi auto" en vez de "usted se robó mi cuento", Mort habría desmentido la afirmación rápida y categóricamente. El que los dos autos en cuestión hubiesen sido del mismo año, marca, modelo y color no habría sido obstáculo. Le habría mostrado al hombre con el sombrero negro redondo el registro de su automóvil, lo hubiese invitado a que comparara el número de la inscripción con el que aparecía en el marco de la portezuela y lo habría mandado a paseo.
 Pero nadie te da una factura cuando se te ocurre una idea para un cuento. No se puede rastrear el origen. ¿Por qué habría de ser de otro modo? Nadie te da una

factura cuando obtienes algo gratis. Le cobrabas a cualquiera que quisiese comprarte esa cosa —oh sí, todo lo que aguantase el negocio, y un poco más, si podías, para compensar todas las veces que te estafaron los bastardos—, revistas, diarios, editoriales, compañías cinematográficas. Pero el producto lo obtuviste gratis, neto, sin gravamen. Eso era, decidió. Por eso se sentía culpable, aunque sabía que no había plagiado el cuento del granjero John Shooter. Se sentía culpable porque escribir cuentos *siempre* se percibía, en cierto grado, como un robo, y era probable que siempre fuera así. Daba la casualidid de que John Shooter fue la primera persona que apareció en el umbral de su puerta y lo acusó de robo, concisa y llanamente. Pensó que, en el subconsciente, había esperado algo similar durante años.

Mort aplastó el cigarrillo y decidió tomar una siesta. Después cambió de opinión. Sería mejor, más sano, tanto mental como físicamente, que comiera algo, leyera una media hora más o menos y después saliera para una agradable caminata por la orilla del lago. Estaba durmiendo demasiado, y cuando se dormía demasiado era señal de que se estaba deprimido. A la mitad del camino hacia la cocina, se desvió al largo sofá seccional junto a la pared ventana de la sala. *Al demonio con eso,* pensó, colocándose una almohada bajo el cuello y otra detrás de la cabeza. ESTOY *deprimido.*

Su último pensamiento antes de dormirse fue una repetición: *Todavía no termina conmigo. Oh, no, no este sujeto. Es persistente.*

5

Soñó que estaba perdido en un inmenso maizal. Se tambaleaba de un surco a otro y el sol centelleaba en los relojes que llevaba —media docena en cada antebrazo, y cada reloj marcaba una hora distinta.

¡Ayúdenme, por favor!, gritaba. *¡Ayúdeme alguien! ¡Estoy perdido y tengo miedo!*

Delante de él, el maíz se sacudía y crujía en ambos lados del surco. Amy salió de un lado. John Shooter apareció por el otro. Ambos sostenían cuchillos.

Tengo plena confianza en que puedo ocuparme de este asunto, dijo Shooter mientras ambos avanzaban hacia él con los cuchillos en alto. *Estoy seguro de que, con el tiempo, tu muerte será un misterio, incluso para nosotros.*

Mort se dio vuelta para correr, pero una mano —la de Amy, estaba seguro— lo agarró del cinturón y tiró de él hacia atrás. Y en eso los cuchillos, relucientes en el ardiente sol de este enorme jardín secreto...

6

Fue el teléfono lo que lo despertó una hora y media más tarde. Luchó por alejar un sueño terrible —alguien lo había estado persiguiendo, eso era todo lo que podía recordar con claridad— y se quedó sentado en el sofá. Tenía un calor horrible; parecía que cada centímetro de su piel estaba inundado en sudor. Mientras dormía, el sol se había deslizado a este lado de la casa y había brillado sobre él a través de la pared ventana por sólo Dios sabía cuánto tiempo.

Mort caminó con lentitud hacia la mesa del teléfono en el vestíbulo del frente, con el paso penoso de un hombre en traje de buzo que camina contra la corriente por el lecho de un río, la cabeza percutiendo morosa, la boca con un sabor a mierda de ardilla vieja. Con cada paso que daba hacia adelante, la entrada del vestíbulo parecía retroceder un paso, y a Mort se le ocurrió, no por primera vez, que era probable que el infierno fuera igual a la forma en que te sientes después de dormir demasiado tiempo y profundamente en una tarde tórrida. Lo peor de eso no era físico. Lo peor era esa sensación consternante, desorientadora, de estar fuera de ti mismo en alguna forma —de ser nada más un observador que mira a través de dos cámaras de televisión con lentes borrosos.

Tomó el auricular pensando que era Shooter quien llamaba.

Sí, es él, seguro... la única persona en todo el mundo con quien no debería hablar con la guardia baja y la mitad de la mente desabrochada de la otra mitad. De seguro es él... ¿Quién más?

—¿Hola?

No era Shooter, pero mientras oía la voz que contestaba su saludo en el otro extremo de la línea, descubrió que por lo menos había otra persona con quien no debía hablar en un estado de vulnerabilidad psíquica.

—Hola, Mort —dijo Amy—. ¿Estás bien?

7

Algún tiempo después, esa misma tarde, Mort se puso la camisa de franela roja extra grande que usaba como chaqueta a principios del otoño y dio la caminata que debió haber dado más temprano. El gato Bump lo siguió lo suficiente para asegurarse de que Mort actuaba en serio, y luego regresó a la casa.

Caminaba lenta y deliberadamente por una exquisita tarde que parecía ser toda ella cielo azul, hojas rojas y aire dorado. Caminaba con las manos metidas en los bolsillos, con la esperanza de que la tranquilidad del lago surtiera efecto a través de su piel y lo calmara, como siempre lo había hecho antes —suponía que ésa era la razón por la que había venido aquí en vez de permanecer en Nueva York, como había esperado Amy, mientras avanzaban con firmeza hacia el divorcio. Mort había venido aquí porque era un lugar mágico, sobre todo en el otoño, y cuando llegó sintió que si en alguna parte del planeta había un paria que necesitara un poco de magia, él era esa persona. Y si le fallaba esa vieja magia ahora que escribir se había vuelto tan insípido, no estaba seguro de qué haría.

Resultó que no necesitaba haberse preocupado por eso. Después de un rato, el silencio y la indescifrable atmósfera de suspensión que siempre parecía poseer al lago Tashmore cuando llegaba el otoño y por fin se marchaban los veraneantes empezaron a influir en él, relajándolo como si unas manos suaves le diesen un masaje. Pero ahora tenía algo más en que pensar, aparte de John Shooter; tenía que pensar en Amy.

—Por supuesto que estoy bien —había dicho, hablando con tanto cuidado como un ebrio que trata de convencer a los demás de que está sobrio. En verdad, todavía estaba tan atontado que se *sentía* ligeramente ebrio. Las figuras de las palabras parecían demasiado grandes para su boca, como trozos de una roca suave, desmenuzable, y había procedido con gran cautela, avanzando a tientas a través de las formalidades de preámbulo y las tácticas de la conversación telefónica como si fuera la primera vez—. ¿Cómo estás tú?

—Oh, estoy bien, muy bien —respondió Amy, y luego gorjeó la pequeña risita rápida, la cual generalmente significaba que estaba flirteando o nerviosa como el demonio, y Mort dudaba que estuviese flirteando con él... no en este punto. Lo tranquilizó un poco la percepción de que también ella estaba nerviosa—. Es que estás ahí solo y podría pasar cualquier cosa y nadie lo sabría —se interrumpió abruptamente.

—En realidad no estoy solo —dijo calmado—. La señora Gavin estuvo aquí hoy y Greg Carstairs siempre está a la mano.

—Oh, había olvidado las reparaciones del techo —dijo Amy, y por un momento Mort se asombró ante lo natural que se les oía, tan natural y tan sin divorciar. *Quien nos escuche,* pensó Mort, *nunca creería que hay un pícaro agente de bienes raíces en mi cama... o lo que era mi cama.* Esperó que volviera el enojo... el enojo lastimado, celoso, engañado... pero sólo se revolvió un fantasma donde habían estado esos sentimientos intensos, si bien desagradables.

—Bueno, a *Greg* no se le olvidó —le aseguró—. Vino ayer en la tarde y anduvo a gatas por el techo durante hora y media.

—¿Qué tan mal está?

Mort se lo dijo, y hablaron del techo durante cinco minutos o más, mientras Mort despertaba lentamente; hablaron acerca del viejo techo como si la situación no hubiese cambiado, hablaron de él como si fuesen a pasar el próximo verano bajo las nuevas tejas de cedro, igual que habían pasado los últimos nueve veranos bajo las viejas tejas de cedro. Mort pensó: *Denme un techo, denme unas tejas, y podré hablar con esta arpía para siempre.*

Mientras se escuchaba a sí mismo sosteniendo su parte de la conversación, sintió que lo invadía una profunda sensación de irrealidad. Sintió como si regresara al estado zombi, medio despierto, medio dormido, en el que había contestado el teléfono, y al fin no lo pudo resistir más. Si esto era alguna clase de competencia para ver quién aguantaba más fingiendo que nunca habían transcurrido los últimos seis meses, él estaba dispuesto a darse por vencido. Más que dispuesto.

Amy preguntaba dónde iba a conseguir Greg las piezas de cedro y si usaría una cuadrilla de la ciudad, cuando intervino Mort.

—*¿Por qué* llamaste, Amy?

Hubo un momento de silencio en el cual Mort percibió que Amy probaba las respuestas y después las rechazaba, como una mujer que se prueba sombreros, y eso *ocasionó* que surgiera de nuevo el enojo. Era una de las cosas —una de las pocas cosas, en realidad— que con honestidad podía decir que detestaba en ella. Esa duplicidad totalmente inconsciente.

—Ya te *dije* por qué —dijo al fin—. Para ver si estabas bien —se oía aturdida e insegura de sí misma, y eso, por lo general, significaba que decía la verdad. Cuando Amy mentía, siempre se la oía como si estuviese diciendo que el mundo era redondo—. Tuve uno de mis presentimientos... ya sé que no crees en ellos, pero supongo que ahora ya sabes que los tengo, y que *creo* en ellos... ¿tú, no, Mort? —no había rastro de su acostumbrada afectación o enojo defensivo, ésa era la cosa... casi sonaba como si le estuviese suplicando.

—Sí, lo sé.

—Bien, tuve uno. Me estaba preparando un sandwich para el almuerzo, y tuve el presentimiento de que tú... de que tal vez no estabas bien. Me contuve por un rato... pensé que desaparecería, pero no fue así. Por eso decidí llamarte. Sí *estás* bien, ¿verdad?

—Sí —respondió Mort.

—¿Y no ha pasado nada?

—Bueno, *ocurrió* algo —dijo Mort, después de un breve momento de debate interior. Pensó que era posible, incluso probable, que John Shooter *(si ése era su verdadero nombre,* insistía en añadir su mente) hubiese tratado de establecer contacto con él en Derry antes de venir aquí. Después de todo, Derry era donde generalmente residía en esta época del año. Tal vez Amy lo había enviado aquí.

—Lo *sabía* —dijo Amy—. ¿Te lastimaste con esa maldita sierra? ¿O...?

—Nada que requiera hospitalización —dijo Mort, sonriendo un poco—. Una molestia, nada más. ¿Te suena el nombre de John Shooter, Amy?

—No. ¿Por qué?

A través de los dientes cerrados, Mort dejó que escapara, como vapor, un pequeño suspiro de irritación. Amy era una mujer inteligente, pero siempre había mostrado una ligera falla en la conexión entre el cerebro y la boca. Recordaba que en una ocasión le había comentado en broma que debía comprarse una camiseta que dijera HABLO AHORA, PIENSO DESPUÉS.

—No digas no sin antes reflexionar un poco. Tómate

unos cuantos segundos y piensa en mi pregunta. El sujeto es bastante alto, como de un metro ochenta, y me imagino que tiene cuarenta y tantos años. Su rostro se ve más viejo, pero se *mueve* como un hombre de cuarenta. Es un tipo de rostro campirano. Abundante color, abundantes arrugas por el sol. Cuando lo vi, pensé que parecía un personaje de una novela de Faulk...

—¿De qué se trata, Mort?

Ahora Mort sintió que retrocedía en el tiempo; ahora comprendía una vez más la razón por la cual, a pesar de lo lastimado y confundido que había estado, reprimía el apremio que sentía —sobre todo en las noches— de pedirle que por lo menos hiciesen un intento por reconciliar sus diferencias. Casi estaba seguro de que ella accedería si se lo pedía durante un buen rato y con la suficiente persistencia. Pero los hechos eran los hechos: en su matrimonio habían intervenido muchos más factores negativos que el vendedor di bienes raíces de Amy. La calidad taladrante que había adquirido su voz ahora —ése era otro síntoma de la alteración que los había separado. *¿Qué has hecho esta vez?,* preguntaba... no, exigía, el tono bajo de las palabras. *¿En qué clase de lío te has metido ahora? Explícate.*

Cerró los ojos y, antes de responder, silbó la respiración entre los dientes apretados. Luego le contó acerca de John Shooter, y el manuscrito de Shooter, y su propio cuento. Amy recordaba claramente "Temporada de siembra", pero dijo que nunca había oído hablar de un hombre llamado John Shooter —no era la clase de nombre que se olvida, agregó, y Mort se inclinó a estar de acuerdo con eso— en su vida. Y con toda certeza no lo había visto.

—¿Estás segura? —insistió Mort.

—Sí, lo estoy —dijo Amy. Se le oía un cierto resentimiento ante el continuado interrogatorio de Mort—. No he visto a nadie parecido desde que te fuiste. Y antes de que me digas otra vez que no hable sin meditarlo, déjame asegurarte que me acuerdo muy bien de casi todo lo que ha pasado desde entonces.

Amy hizo una pausa, y Mort se dio cuenta de que hablaba con vehemencia, posiblemente con un pesar real. Esto regocijó al segmento mezquino de su ser. No a su mayor parte; su mayor parte se disgustaba cuando descubría que había una fracción en él que se divertía ante las circunstancias. Sin embargo, ese disgusto no afectó al celebrante interno. A ese sujeto se le podía vencer en una votación, pero también parecía que era insensible a los intentos de Mort —la mayor parte de Mort— por suprimirlo.

—Tal vez lo vio Ted —dijo. Ted Milner era el agente de bienes raíces. Todavía le era difícil asimilar el hecho de que Amy lo hubiese cambiado por un agente de bienes raíces, y suponía que eso era un factor en el problema, una parte de la vanidad que, en primer lugar, había permitido que las cosas avanzaran hasta este punto. Ciertamente, él no pretendía, en especial consigo mismo, que había sido tan inocente como el corderito de Mary, ¿o sí?

—¿Se supone que eso es gracioso? —preguntó Amy enojada, avergonzada, apesadumbrada y desafiante, todo al mismo tiempo.

—No —respondió Mort. Empezaba a sentirse cansado de nuevo.

—Ted no está aquí —dijo Amy—. Ted rara vez viene aquí. Yo... yo voy a su casa.

Gracias por compartir eso conmigo, Amy, estuvo a punto de replicar, pero se reprimió. Sería agradable que por lo menos una conversación terminara sin un intercambio de acusaciones. Así que no le dio las gracias por compartirlo y no dijo eso cambiará y, sobre todo, no preguntó ¿qué diablos pasa contigo, Amy?

Mayormente, porque ella podría haberle preguntado lo mismo.

8

Amy le había sugerido que llamara a Dave Newsome, el alguacil de Tashmore —después de todo, el hombre podría ser peligroso. Mort respondió que no creía que fuera necesario, por lo menos, no todavía, pero si "John Shooter" aparecía de nuevo, probablemente llamaría a Dave. Después de unas cuantas frases artificiales, colgaron. Mort sabía que Amy aún estaba resentida por la sugerencia indirecta de que Ted podría estar sentándose en la silla del oso Morty y durmiendo en la cama del oso Morty, pero, con toda sinceridad, no sabía cómo podría haber evitado mencionar a Ted Milner tarde o temprano. Después de todo, el hombre se había convertido en parte de la vida de Amy. Y ella lo había llamado a él, ésa era la cuestión. Había tenido uno de sus extraños presentimientos y *lo llamó*.

Mort llegó al lugar donde se bifurcaba el sendero que circundaba el lago, el lado derecho ascendía la cuesta que llevaba a la avenida del Lago. Tomó esa senda, caminando lentamente, mientras paladeaba los colores del otoño. Cuando dio vuelta a la curva final del sendero y tuvo a la vista la estrecha cinta de asfalto, en cierto modo no le sorprendió ver la polvosa furgoneta azul con la matrícula de Mississippi estacionada ahí, como un perro flagelado encadenado a un árbol, ni la esbelta figura de John Shooter apoyada contra la salpicadera derecha del frente con los brazos cruzados sobre el pecho.

Mort esperaba que se acelerara el latido de su corazón, que una oleada de adrenalina invadiera su cuerpo, pero el corazón mantuvo el ritmo normal y las glándulas siguieron su propia orientación —la cual, por el momento, parecía que consistía en guardar silencio.

El sol, que se había ocultado detrás de una nube,

salió de nuevo, y los colores del otoño, ya brillantes, ahora parecieron estallar en llamas. Reapareció su propia sombra, oscura, larga y definida. El sombrero negro redondo de Shooter se veía más negro, la camisa azul más azul y el aire era tan claro que el hombre parecía recortado de un prototipo de realidad que era más brillante y más vital que el que conocía Mort como regla. Y comprendió que se había equivocado en cuanto a sus razones para no llamar a Dave Newsome —equivocado, o había practicado un pequeño engaño, en sí mismo y en Amy—. La verdad era que quería arreglar este asunto personalmente. *Tal vez sólo para probarme a mí mismo que todavía hay problemas que PUEDO solucionar,* pensó, y siguió subiendo la colina hacia donde lo esperaba John Shooter recargado en el auto.

9

El paseo por el sendero del lago había sido largo y lento, y la llamada de Amy no fue lo único en que había pensado mientras caminaba con tiento sobre o alrededor del ocasional árbol caído, o se detenía para saltar la esporádica piedra plana sobre el agua (cuando chiquillo había podido encontrar una realmente buena —lo que llamaban "una lisita"— para saltarla hasta nueve veces, pero hoy nada más logró saltar cuatro veces). También había pensado en cómo debía enfrentarse a Shooter, cuando y si volviera.

Era cierto que había experimentado una culpa transitoria —o tal vez no tan transitoria— cuando vio lo cerca que estaban los dos cuentos de ser idénticos, pero lo había racionalizado; no era más que la culpa generalizada que se imaginaba sentían todos los escritores de ficción de vez en cuando. Con respecto a Shooter mismo, los únicos sentimientos que le despertaba eran contrariedad, enojo... y una especie de alivio. Estaba lleno de una rabia desenfocada; lo había estado durante meses. Resultaba muy conveniente encontrarse por fin con un burro al cual colocarle esa cola putrefacta y mal oliente.

Mort había oído el viejo dicho acerca de que, si cuatrocientos monos aporreaban cuatrocientas máquinas de escribir durante cuatro millones de años, uno de ellos produciría las obras completas de Shakespeare. No lo creía. E incluso si fuese cierto, John Shooter no era un mono y no había estado vivo, de ningún modo, un tiempo tan largo, a pesar de lo arrugado de su rostro.

En conclusión, Shooter le había copiado el cuento. La razón por la que había elegido "Temporada de siembra" escapaba al poder de deducción de Mort Rainey, pero sabía que eso era lo que había pasado, debido a que había descartado la coincidencia, y sabía, sin lugar a dudas, que aun cuando él se hubiese robado esa historia, como todas las demás, del Gran Banco de Ideas del Universo, con toda certeza no se la había robado al señor John Shooter del Gran Estado de Mississippi.

¿*De dónde*, entonces, lo había copiado Shooter? Mort pensaba que ésa era la pregunta más importante: en la respuesta podría estar enterrada la oportunidad para exhibir a Shooter como un impostor y un embaucador.

Únicamente había dos respuestas posibles, ya que "Temporada de siembra" sólo se había publicado dos veces —primero en la *Revista de Misterio de Ellery Queen* y después en su colección *Todo el mundo critica*. Por lo general, las fechas de publicación de los cuentos cortos en una colección, se señalan en la página de derechos de autor al principio del libro, y en *Todo el mundo critica* se había seguido el mismo formato. Cuando revisó el reconocimiento de "Temporada de siembra", encontró que se había publicado originalmente en el número de junio de 1980 de la *Revista de Misterio de Ellery Queen*. La colección *Todo el mundo critica* la había publicado St. Martin's Press en 1983. Desde entonces, se habían hecho ediciones subsecuentes, todas menos una en edición de bolsillo —pero eso no era importante. En realidad, esas dos fechas, 1980 y 1983, eran los únicos argumentos con que contaba... y su propia convicción esperanzada de que, aparte de los representantes y los abogados de las compañías editoras, nadie le prestaba mucha atención a esos renglones de letra menuda en la página de los derechos de autor.

Con la expectativa de que esto resultara cierto en lo que concernía a Shooter, con la expectativa de que Shooter supondría simplemente —como la mayoría de los lectores— que un cuento que se lee por primera vez en una colección no tiene existencia previa, Mort se acercó al hombre y, por fin, estuvo frente a él en el borde del camino.

10

—Me imagino que ya habrá tenido oportunidad de leer mi cuento —dijo Shooter. Hablaba con el mismo aire de indiferencia de un hombre que comenta el clima.

—En efecto.

Shooter asintió con un movimiento de cabeza y expresión seria.

—Supongo que le resultó conocido, ¿no fue así?

—No cabe la menor duda —aceptó Mort, y después con despreocupación estudiada—: ¿Cuándo lo escribió?

—Pensé que me preguntaría eso —dijo Shooter. Una pequeña sonrisa secreta apareció en su rostro, pero no dijo nada más. Conservaba los brazos cruzados sobre el pecho, las manos extendidas contra los costados bajo las axilas. Daba la impresión de un hombre que estaría encantado si permanecía para siempre donde estaba o, al menos, hasta que el sol desapareciera por el horizonte y dejara de darle calor a su rostro.

—Bueno, claro —dijo Mort, todavía en tono despreocupado—. Tengo que hacerlo, ya lo sabe. Es una

cuestión seria que dos individuos aparezcan con el mismo cuento.
—Muy seria —coincidió Shooter en un tono de profunda meditación.
—Y la única manera de aclarar un asunto como éste —continuó Mort—, para determinar quién copió a quién, consiste en definir quién escribió primero las palabras —confrontó los ojos azul pálido de Shooter con su propia mirada seca e intransigente. En algún punto cercano gorjeó arrogante un pájaro carbonero en una maraña de árboles y quedó en silencio de nuevo—. ¿Está de acuerdo con eso?
—Supongo que sí —accedió Shooter—. Supongo que por eso hice todo el viaje desde Mississippi.
Mort escuchó el retumbo de un vehículo que se acercaba. Ambos se volvieron en esa dirección, y por la colina más próxima apareció el Scout de Tom Greenleaf, con una cauda de hojas caídas detrás de él. Tom, un robusto y saludable nativo de Tashmore de setenta y tantos años, era el encargado de la mayoría de las casas que no manejaba Greg Carstairs en este lado del lago. A su paso, Tom levantó una mano en señal de saludo. Mort ondeó la suya en reconocimiento. Shooter retiró una mano de su lugar de descanso y movió un dedo hacia Tom en un gesto amistoso que denunciaba de modo un tanto oscuro los muchos años pasados en el campo, del número incontable e imposible de recordar de las veces que había saludado en la misma forma informal a conductores de camiones y tractores en ruta y henificadoras y embaladoras. Luego, cuando el Scout de Tom se perdió de vista, volvió la mano a su caja torácica de modo que sus brazos quedaran cruzados de nuevo. Mientras las hojas se agitaban para volver a descansar en el camino, la mirada paciente, constante, casi eterna, regresó al rostro de Mort Rainey.
—¿Qué estábamos diciendo? —preguntó casi con amabilidad.
—Tratábamos de establecer el origen —dijo Mort—. Eso significa...
—Sé lo que significa —dijo Shooter, favoreciendo a

Mort con una mirada que era a la vez calmada y levemente desdeñosa—. Sé que uso ropas de palurdo y conduzco un auto de palurdo, y que provengo de una larga línea de palurdos, pero eso no me convierte necesariamente en un palurdo estúpido.

—No —aceptó Mort—. No creo que sea así. Pero tampoco ser inteligente lo convierte necesariamente en honesto. De hecho, creo que es más frecuente que funcione al revés.

—Podría haberme imaginado eso de usted, si no lo hubiese sabido —dijo Shooter en tono seco, y Mort sintió que se sonrojaba. No le gustaba ser objeto de sarcasmos, y rara vez lo era, pero Shooter lo había hecho con la facilidad plena de un tirador experimentado que hace blanco en un pichón de arcilla.

Las esperanzas de atrapar a Shooter sufrieron una reducción. No hasta cero, pero sí un considerable tramo. La inteligencia y la astucia no eran sinónimos, pero ahora sospechaba que Shooter podía poseer ambas características. Sin embargo, no tenía sentido prolongar esa situación. No quería estar cerca del hombre más de lo estrictamente necesario. En alguna forma extraña, había deseado esta confrontación, una vez que estuvo seguro de que era inevitable otra confrontación —tal vez porque era un cambio en la rutina que se había convertido en tediosa y desagradable. Ahora quería terminar cuanto antes con este asunto. Ya no estaba seguro de que John Shooter fuese un chiflado —no del todo, de cualquier forma— pero pensaba que el hombre podría ser peligroso. Era tan malditamente implacable. Decidió jugar su mejor carta y acabar de una vez por todas —sin más rodeos.

—¿Cuándo *escribió* su cuento, señor Shooter?

—Es posible que mi nombre no sea Shooter —dijo el hombre con una leve expresión divertida—. Tal vez no es más que un seudónimo.

—Ya veo. ¿Cuál es el verdadero?

—No dije que no lo fuera; sólo dije que es posible. Pero ese detalle no influye en nada en nuestro asunto —hablaba con serenidad y daba la impresión de que estaba más interesado en una nube que se abría camino con lentitud a través del alto cielo azul hacia el sol que se acercaba al occidente.

—Está bien —condescendió Mort—, pero sí *es* importante la fecha en que escribió el cuento.

—Lo escribí hace siete años —dijo, estudiando todavía la nube... ahora ésta tocaba el borde del sol y había adquirido una orla dorada—. En 1982.

Lotería, pensó Mort. *Después de todo, el viejo bastardo, astuto o no, cayó redondo en la trampa. Sacó el cuento de la colección, perfecto. Y puesto que* Todo el mundo critica *se publicó en 1983, pensó que estaba a salvo con cualquier fecha anterior. Debiste leer la página de los derechos de autor, viejo.*

Esperaba una sensación de triunfo, pero no la tuvo. Sólo experimentó una sensación moderada de alivio, ya que ahora podría enviar a este chiflado a que siguiera su camino sin más alharacas. Sin embargo, sentía curiosidad: era la maldición de los escritores. Por ejemplo, ¿por qué ese cuento en particular, un cuento tan ajeno a su tendencia acostumbrada, tan notoriamente atípico? Y si el sujeto pretendía acusarlo de plagio, ¿por qué había optado por un oscuro cuento corto cuando pudo haber pergeñado la misma clase de manuscrito casi idéntico con un éxito de ventas, como *El chico del organillero*? *Ése* hubiese sido sustancioso; éste casi era una broma.

Supongo que birlarse una de las novelas habría sido demasiado evidente, pensó Mort.

—¿Por qué esperó tanto? —preguntó—. Quiero decir, mi libro de cuentos se publicó en 1983 y eso fue hace seis años. Casi siete ya.

—Porque no lo sabía —dijo Shooter. Retiró la mirada de la nube y estudió a Mort con esa expresión desconcertante de leve desdén—. Supongo que usted es la clase de hombre que da por sentado que todos los habitantes de Norteamérica, si no es que todos los habitantes de todos los países donde se publican sus libros, leen lo que ha escrito.

—Nunca he creído eso —dijo Mort, y ahora a él le tocó la actitud seca.

—Pero no es verdad —prosiguió Shooter, ignorando lo que había dicho Mort en su estilo horripilantemente sereno y categóricamente inmutable—. No es verdad en absoluto. Nunca vi ese cuento hasta mediados de junio. *Este* junio.

Mort pensó en responderle: *Bien, adivina qué, tío listo. Nunca vi a mi mujer en la cama con otro hombre hasta mediados de mayo.* ¿Dejaría pasmado a Shooter si en realidad *le respondiese* algo así en voz alta?

Miró el rostro del hombre y decidió que no. De los ojos descoloridos se había desvanecido la serenidad en la misma forma en que se desvanece la neblina de las colinas en un día que va a ser realmente tórrido. Ahora Shooter se veía como un predicador fundamentalista a punto de distribuir una generosa ración de fuego y azufre sobre las cabezas temblorosas y abatidas de su rebaño, y por primera vez, Mort Rainey se sintió real y personalmente temeroso de ese hombre. Sin embargo, él también seguía enojado aún. Recordó lo que había pensado cerca del final del primer encuentro con "John Shooter": temeroso o no, que se condenara si se iba a quedar aquí, aguantando que este hombre lo acusara de robo —sobre todo ahora que este hombre había revelado la verdad por su propia boca.

—Déjeme adivinar —dijo Mort—. Un sujeto como usted es un tanto delicado acerca de lo que lee para molestarse con la clase de basura que yo escribo. Usted se inclina por Marcel Proust y Thomas Hardy, ¿correcto? En la noche, una vez que termina la ordeña, le gusta encender una de esas honestas lámparas de queroseno del campo, la coloca sobre la mesa de la cocina... la cual, desde luego, está cubierta con un sencillo mantel a cuadros rojos y blancos... y se relaja con unos capítulos de *Tess* o *Remembrance of Things Past*. Los fines de semana tal vez echa una cana al aire, se siente excéntrico y recurre a Erskine Caldwell o Annie Dillard. Fue un amigo suyo quien le contó que yo había copiado su cuento, creado con todo decoro. ¿No es así como va la historia, señor Shooter... o cualquiera que sea su nombre?

Su voz había adquirido un tono áspero, y se sorprendió al darse cuenta de que estaba al borde de una rabia real. Aunque descubrió que la sorpresa era *bastante leve*.

—No. Yo no *tengo* amigos —Shooter hablaba con el tono contundente de quien se limita a establecer un hecho—. Ni amigos ni familia ni esposa. Vivo en una pequeña casa treinta kilómetros al sur de Perkinsburg, y sí tengo un mantel a cuadros en la mesa de la cocina, ahora que lo menciona, pero en el pueblo hay luz eléctrica. Sólo saco la lámpara de queroseno cuando hay una tormenta y se caen las líneas.

—Lo felicito —dijo Mort.

Shooter ignoró el sarcasmo.

—Recibí el lugar de mi padre, y lo arreglé con un poco de dinero que me dejó mi abuela. Tengo ganado lechero, alrededor de veinte vacas, también en eso acertó, y en las noches escribo cuentos. Supongo que usted tiene una de esas elegantes computadoras con una pantalla, pero yo me las arreglo con una vieja máquina de escribir.

Guardó silencio, y durante un momento ambos pudieron oír el crujiente susurro de las hojas en el ligero viento que se había soltado en las últimas horas de la tarde.

—En cuanto a que su cuento sea igual al mío, lo descubrí yo mismo. Verá, había estado pensando en vender la granja. Pensaba que con ese poco dinero podría escribir de día, cuando tengo la mente fresca, en vez de al anochecer. Un corredor de fincas en Perkinsburg quiso que conociera a un sujeto en Jackson, quien es dueño de bastantes granjas lecheras en Mississippi. No me agrada conducir más de quince o veinte kilómetros de un tirón... me da dolor de cabeza, especialmente cuando conduzco por la ciudad, porque ahí es donde dejan sueltos a todos los imbéciles... así que tomé el autobús. Estaba listo para subirme, cuando recordé que no llevaba nada para leer. *Detesto* un largo recorrido en autobús sin nada que leer.

Mort se dio cuenta de que asentía involuntariamente con la cabeza. Él también odiaba los viajes —por autobús, tren, avión o auto— sin algo que leer, algo más sustancioso que el diario.

—No hay estación de autobuses en Perkinsburg, el Greyhound se detiene en el Rexall durante cinco minutos más o menos, y después sigue el viaje. Ya estaba en la puerta del autobús y subía los escalones, cuando me di cuenta de que llevaba las manos vacías. Le pregunté al conductor del autobús si podía esperarme, y me dijo que de ningún modo, que ya estaba retrasado y saldría en tres minutos, según su reloj de bolsillo. Si yo estaba en el autobús, todo bien para él, y si no estaba, entonces podría irme al carajo cuando nos encontráramos otra vez.

HABLA *como un narrador,* pensó Mort. *Que me condene si no es cierto.* Trató de cancelar ese pensamiento —no parecía la forma correcta de pensar— y le fue imposible.

—Bien, corrí a la farmacia. Ahí tienen uno de los antiguos exhibidores de alambre en el Perkinsburg Rexall, de esos que dan vueltas, igual al que tienen en la pequeña tienda en lo alto del camino.

—¿Bowie's?

Shooter asintió.

—Ése es el lugar, correcto. De cualquier modo, tomé el primer libro que estaba a la mano. Por lo que vi de la cubierta, pudo haber sido una edición barata de la Biblia. Pero no lo fue. Era su libro de cuentos. *Todo el mundo critica.* Y, por lo que sé, eran sus cuentos cortos. Todos menos uno.

Para esto de inmediato. Se está exaltando, tienes que apagarle le caldera cuanto antes.

Pero descubrió que no deseaba hacerlo. Tal vez Shooter sí *era* escritor. Cumplía con los requerimientos principales: querías escuchar el final del cuento que relataba, aun cuando supieras casi con certeza cuál sería el final, y que el narrador estaba tan lleno de mierda que rechinaba.

En vez de decirle lo que debía haberle dicho —que incluso si Shooter, con un gran esfuerzo de imaginación, decía la verdad, él, Mort, le había ganado con ese miserable cuento por dos años— dijo:

—Así que leyó "Temporada de siembra" en un autobús Greyhound mientras se dirigía a Jackson a vender su granja lechera, en junio pasado.

—No. En realidad, lo leí al regreso. Vendí la granja y regresé en el Greyhound con un cheque por sesenta mil dólares en el bolsillo. Leí la primera media docena de cuentos en el viaje de ida. No valían mucho, pero ayudaban a pasar el tiempo.

—Gracias.

Shooter lo estudió brevemente.

—No se trataba de un cumplido.

—Como si no lo supiera.

Shooter pensó en esto por un momento, después encogió los hombros.

—Como sea, de regreso leí dos más... y después ése. Mi cuento.

Miró la nube, la cual ahora era una masa etérea de oro brillante, y después a Mort de nuevo. Su expresión era tan desapasionada como siempre, pero Mort comprendió de pronto que había cometido un grave error al creer que este hombre poseía siquiera el más mínimo fragmento de paz o serenidad. Lo que había confundido con estas emociones, era el manto de control de hierro que se había puesto Shooter para impedirse a sí mismo matar a Morton Rainey con sus propias manos. La expresión del rostro era desapasionada, pero sus ojos relucían con la rabia más profunda y violenta que había visto Mort alguna vez. Comprendió que de la manera más estúpida había ascendido el camino desde el lago hasta lo que podría ser realmente su propia muerte a manos de este sujeto. Aquí estaba un hombre con el juicio —en ambos sentidos de esa palabra— tan alterado, que era capaz de asesinar.

—Me sorprende que nunca nadie le haya expresado dudas acerca de esa historia... no se parece a ninguna de las otras. En lo más mínimo. La voz de Shooter aún seguía calmada, pero ahora Mort la reconoció como la voz de un hombre que se esfuerza por reprimir el impulso de golpear, aporrear, estrangular, tal vez; la voz de un hombre que sabe que para cruzar la raya entre la conversación y el asesinato sólo necesitaría el incentivo de escuchar que su propia voz ascendía a los registros de rabia engañada; la voz de un hombre que está consciente de lo fatalmente fácil que le sería convertirse en una multitud de linchamiento.

Mort se sintió de pronto como un hombre dentro de una habitación oscura que está entrecruzada con cables de trampa delgados como un cabello, todos ellos conectados a paquetes de explosivos. Era difícil creer que sólo momentos antes se había sentido con el control de la situación. Sus problemas —Amy, su incapacidad para escribir— ahora parecían figuras insignificantes en un paisaje insignificante. En cierto sentido, ya no eran problemas. Ahora sólo tenía un problema, y era permanecer con vida el tiempo suficiente para volver a su casa, ya no digamos el suficiente para ver la puesta del sol.

Abrió la boca y la cerró de nuevo. No había nada que se atreviera a decir, no ahora. La habitación estaba llena de cables de trampa.

—Me sorprende mucho, en verdad —repitió Shooter con esa voz pesada y calmada que ahora se oía como una horrible parodia de tranquilidad.

Mort se oyó a sí mismo que decía:

—Mi esposa. A ella no le gustó. *Dijo* que no se parecía a nada de lo que había escrito antes.

—¿Cómo lo obtuvo? —preguntó Shooter en tono lento e intenso—. Eso es lo que quiero saber realmente. ¿Cómo demonios un estúpido escritorzuelo con buen dinero como usted llegó a un pueblo mugroso de Mississippi y se robó mi maldito cuento? Además, me gustaría saber por qué, a menos que también se haya robado los otros, pero el cómo será suficiente para satisfacerme de momento.

La monstruosa injusticia de estas palabras provocó que volviera el enojo de Mort, como una sed que no ha sido apagada. Por un momento, olvidó que estaba en la avenida del Lago, sin más compañía que este lunático de Mississippi.

—Déjese de eso —rechazó con aspereza.

—¿*Que me deje de eso?* —preguntó Shooter, mirando a Mort con una especie de asombro torpe—. ¿*Que me deje de eso?* ¿Qué diablos quiere decir con *que me deje de eso*?

—Usted dijo que escribió su cuento en 1982 —dijo Mort—. Creo que el mío lo escribí a fines de 1979. No recuerdo la fecha exacta, pero sí sé que se publicó por primera vez en junio de 1980. En una revista. Me le adelanté dos años, señor Shooter o cualquiera que sea su nombre. Si alguien tiene una queja por plagio, soy yo.

Mort no notó que se moviera precisamente el hombre. En un momento estaban junto al auto de Shooter, mirándose el uno al otro; al siguiente, se sintió comprimido contra la portezuela del conductor, con las manos de Shooter apretadas contra la parte superior de sus brazos, y el mismo rostro de Shooter prensado contra el suyo, frente a frente. Entre las dos posiciones, no hubo más que una sensación confusa de que se le agarraba y se le daba vuelta.

—Miente —dijo Shooter, y en su aliento había un seco olorcillo a canela.

—Váyase a la mierda —exclamó Mort, y se abalanzó hacia adelante contra el peso opresor del hombre.

Shooter era fuerte, más fuerte que Mort Rainey casi con certeza, pero Mort era más joven, un poco más pesado y tenía la vieja furgoneta azul para impulsarse. Pudo romper el dominio de Shooter y mandarlo tambaleante dos o tres pasos hacia atrás.

Ahora me va a atacar, pensó Mort. Aunque no había participado en una riña desde una pelea en el patio de la escuela de tú-me-empujas-y-yo-te-empujo en cuarto grado, le asombró la claridad y frialdad de su mente. *Vamos a rompernos la crisma por ese estúpido y jodido cuento. Bien, de todos modos no tenía nada que hacer hoy.*

Pero no sucedió. Shooter levantó las manos, se las miró, vio que estaban apretadas en puños... y las obligó a abrirse. Mort observó el esfuerzo que requirió el hombre para volverse a colocar el manto de control, y sintió una especie de temor reverencial. Shooter se llevó una de las palmas a la boca y se secó los labios con ella, con mucha lentitud y mucha deliberación.

—Pruébelo —dijo.

—De acuerdo. Venga a la casa conmigo. Le mostraré el rubro en la página de derechos de autor del libro.

—No —se negó Shooter—. No me interesa el *libro*. El *libro* me interesa un *ardite*. Muéstreme el *cuento*. Muéstreme la revista con el cuento, para que pueda leerlo por mí mismo.

—No tengo la revista aquí.

Estaba a punto de añadir algo más, pero Shooter volvió el rostro hacia el cielo y emitió un ladrido de risa. El sonido era tan seco como un hacha que hace astillas la madera.

—No —convino. La rabia todavía resplandecía y bailaba en sus ojos, pero parecía haber recuperado el control de sí mismo—. No, apuesto a que *no la tiene*.

—Escúcheme —dijo Mort—. Generalmente, éste es un lugar al que mi esposa y yo sólo venimos en el verano. Aquí guardo ejemplares de mis libros y algunas ediciones extranjeras, pero también he publicado en infinidad de revistas... artículos y ensayos, así como cuentos. Esas revistas están en nuestra casa permanente. La que está en Derry.

—Entonces, ¿por qué no está usted ahí? —preguntó Shooter. En sus ojos, Mort leyó tanto incredulidad como una satisfacción mortificante... era obvio que Shooter había esperado que Mort tratara de escurrirse del problema, y en la mente de Shooter, eso era lo que Mort estaba haciendo. O trataba de hacer.

—Estoy aquí porque... —se detuvo—. ¿Cómo *supo* que estaría aquí?

—Me limité a mirar el dorso del libro que compré —dijo Shooter, y Mort pudo haberse dado un manotazo en la frente en frustración y súbita comprensión. Desde luego, en el dorso de las ediciones de *Todo el mundo critica,* tanto de cubierta dura como de bolsillo, había aparecido su fotografía. Amy la había tomado, y era una instantánea estupenda. Él aparecía en el frente, la casa a media distancia y el lago Tashmore en el fondo. La leyenda decía simplemente: *Morton Rainey en su casa en Maine occidental.* Por tanto, Shooter había venido a Maine occidental, y era probable que no hubiese tenido que visitar demasiados bares y farmacias de un pueblo pequeño antes de encontrar a alguien que le dijera: "¿Mort Rainey? ¡Diablos, sí! Tiene una casa en Tashmore. ¡De hecho, es amigo mío!"

Bueno, eso respondía a una pregunta, cuando menos.

—Estoy aquí porque mi esposa y yo nos divorciamos —dijo—. Se acaba de dictar la sentencia. Ella se quedó en Derry. En cualquier otro año, la casa de aquí hubiese estado vacía.

—Um-hum —dijo Shooter. Su tono de voz enfureció a Mort de nuevo. *Está mintiendo,* decía, *pero en este caso no importa mucho. Porque ya sabía que mentiría. Después de todo, la mentira es su especialidad, ¿no es así?*—. Bueno, lo hubiese encontrado de todos modos, en un lugar u otro.

Fijó en Mort una mirada de pedernal.

—Lo habría encontrado aunque se hubiese marchado a Brasil.

—Le creo —dijo Mort—. No obstante, está equivocado. O trata de timarme. Tendré la cortesía de creer que sólo se trata de un error, ya que me *parece* bastante sincero...

Oh, Dios, vaya que lo parecía.

—... pero publiqué ese cuento dos años antes de la fecha en que usted afirma que lo escribió.

De nuevo percibió ese resplandor demente en los ojos de Shooter, y desapareció de inmediato. No se extinguió sino que se dominó, en la forma en que un hombre podría dominar a un perro de índole maligna.

—¿Dice que la revista está en su otra casa?
—Sí.
—¿Y la revista contiene su cuento?
—Sí.
—Y la fecha de esa revista es junio de 1980.
—Sí.

Mort, al principio, se había sentido impaciente con este laborioso catecismo (antes de cada pregunta, se daba una larga pausa reflexiva), pero ahora sentía una leve esperanza: era como si el hombre tratase de convencerse a sí mismo de que Mort había dicho la verdad... una verdad, pensó Mort, que parte de "John Shooter" debió haber conocido todo el tiempo, debido a que *no* era una coincidencia la similitud casi exacta entre los dos cuentos. Todavía lo creía firmemente, pero *pensaba* en la posibilidad de que Shooter no tuviese memoria consciente de haber cometido el plagio. Era evidente que el hombre no estaba en sus cabales.

Ya no se sentía tan temeroso como cuando vio por primera vez el odio y la furia en los ojos de Shooter, como el reflejo de un incendio en un granero que arde sin control. Cuando empujó al hombre, se había tambaleado hacia atrás, y Mort pensaba que si llegaban a una pelea, era probable que la resistiera... o derribara al hombre al suelo.

Sin embargo, sería mejor que no llegaran a eso. Por algún proceso extraño o irónico, había empezado a sentir cierta lástima por Shooter.

Ese caballero, mientras tanto, proseguía impasible su curso.

—Esta otra casa... la que su esposa tiene ahora... ¿está en Maine, también?
—Sí.
—¿Está ella ahí?
—Sí.

Esta vez, la pausa fue más larga. De un modo misterioso, Shooter le recordaba a Mort una computadora que procesaba una pesada carga de información. Al fin, dijo:

—Le daré tres días.

—Muy generoso de su parte —respondió Mort.

El labio superior de Shooter se retrajo sobre unos dientes demasiado uniformes para que no fuesen una dentadura ordenada por correo.

—No se haga el gracioso conmigo, hijo —dijo—. Estoy tratando de reprimir mi enojo lo más posible, y lo estoy logrando, pero...

—¡*Usted*! —le gritó Mort—. ¿Qué hay acerca de *mí*? ¡Esto es increíble! ¡Surge usted de la nada y me hace la acusación más seria que se le puede hacer a un escritor, y cuando le digo que tengo pruebas de que está equivocado o miente a través de sus malditos dientes, usted se da palmadas en la espalda porque reprime su enojo! ¡*Increíble*!

Los párpados de Shooter se entrecerraron, dándole una expresión taimada.

—¿Prueba? —dijo—. No veo la prueba. Le oigo hablar, pero las *palabras* no son *pruebas*.

—¡Ya se lo *dije*! —vociferó Mort. Se sentía impotente, como un hombre que trata de encajonar una telaraña—. ¡Ya se lo *expliqué*!

Shooter miró a Mort por un largo rato, después se dio vuelta y metió la mano por la ventanilla abierta del automóvil.

—¿Qué está haciendo? —preguntó Mort, la voz tensa. *Ahora* sentía que la adrenalina le inundaba el cuerpo, preparándolo para pelear o huir... probablemente lo último, si Shooter iba a sacar la pistola que Mort vio de súbito en su imaginación.

—Voy a tomar mis cigarrillos —dijo Shooter—. No me fastidie.

Cuando sacó el brazo del auto, tenía en la mano una cajetilla roja de Pall Mall. Los había tomado del tablero.

—¿Quiere uno?

—Tengo los míos —respondió Mort un tanto malhumorado y sacó la vieja cajetilla de L & M del bolsillo bajo la camisa de franela roja.

Los encendieron, cada uno de su propia cajetilla.

—Si seguimos en esta forma, vamos a terminar dándonos de puñetazos —dijo Shooter finalmente—. No quiero eso.

—¡Bueno, Jesús, yo tampoco!

—Una parte de usted sí lo quiere —lo contradijo Shooter. Continuó estudiando a Mort bajo los párpados entrecerrados, con esa expresión de argucia campesina—. Eso es justo lo que quiere una parte de usted. Pero no creo que sea yo o mi cuento lo que le provoca el deseo de pelear. Hay otra mosca que lo está picando y lo tiene alterado, y *eso* dificulta *la situación*. Una parte de usted quiere pelear, pero lo que no entiende es que, si *iniciamos* la pelea, no terminará hasta que uno de nosotros haya muerto.

Mort buscó señales de que Shooter estuviese exagerando para impresionarlo, pero no vio ninguna. De pronto, sintió frío a lo largo de la base de la espina.

—Le voy a conceder tres días. Llame a su ex y pídale que le mande la revista con el cuento, si es que existe esa revista. Y yo regresaré. Por supuesto que no existe dicha revista; creo que ambos lo sabemos bien. Pero se me ocurre que usted es un hombre que necesita reflexionar muy seriamente.

Miró a Mort con una desconcertante expresión de lástima severa.

—Nunca pensó que alguien lo descubriría, ¿verdad? —prosiguió—. No lo pensó, en realidad.

—Si le muestro la revista, ¿se irá para siempre? —preguntó Mort. Hablaba más para sí mismo que para Shooter—. Creo que lo que en verdad quiero saber es si vale la pena el intento.

Shooter abrió abruptamente la portezuela del auto y se deslizó tras el volante. Mort encontró un poco escalofriante la velocidad con que se podía mover ese hombre.

—Tres días. Úselos como quiera, señor Rainey.

Encendió el motor. Funcionaba con el bajo resuello característico de las válvulas que necesitan asentarse, y el fuerte olor del humo de aceite del viejo tubo de escape contaminó el aire de la tarde desvaneciente.

—Lo correcto es lo correcto y lo justo es lo justo. Lo primero es situarlo en un lugar donde se dé cuenta de que lo tengo atrapado y que no podrá escurrirse de este lío con el mismo procedimiento con que probablemente se ha escurrido de todos los líos en que se ha metido en su vida. Eso es lo primero.

Miró a Mort inexpresivo desde la ventanilla del lado del conductor.

—Lo segundo —dijo—, es la verdadera razón de mi visita.

—¿Cuál es? —se escuchó Mort que preguntaba. Era extraño y un tanto enfurecedor, pero sentía que de nuevo lo invadía implacable ese sentimiento de culpa, como si en verdad fuese culpable de lo que lo acusaba ese rústico lunático.

—Ya hablaremos de eso —dijo Shooter, y maniobró con la palanca de velocidades de la vieja furgoneta—. Mientras tanto, piense en lo que es correcto y lo que es justo.

—¡Está chiflado! —gritó Mort, pero Shooter ya ascendía por la avenida del Lago hacia donde desembocaba en la ruta 23.

Observó la furgoneta hasta que se perdió de vista y después caminó lentamente de regreso a la casa. En la mente, cada vez la percibía más vacía cuanto más se acercaba a ella. El enojo y la furia se habían desvanecido. Sólo se sentía con frío, cansado y nostálgico por un matrimonio que ya no existía y el cual, ahora le parecía, nunca había existido.

11

El teléfono empezó a sonar cuando estaba a la mitad del camino de entrada que corría por la empinada colina desde la avenida del Lago hasta la casa. Mort echó a correr, a sabiendas de que no iba a llegar a tiempo, de todos modos se apresuró, maldiciéndose por esa tonta reacción ¡Y todavía hablan de los perros de Pavlov!

Ya había abierto la puerta protectora y estaba tratando torpemente de darle vuelta a la perilla de la puerta interior cuando enmudeció el teléfono. Entró, cerró la puerta tras él y miró el teléfono, el cual estaba sobre un pequeño escritorio antiguo que Amy había encontrado en un mercado de objetos usados en Mechanic Falls. En ese momento, podía imaginarse sin dificultad que el aparato lo miraba a él con estudiada impaciencia mecánica: *No me pregunte, jefe... yo no hago las noticias, sólo las informo.* Pensó que debía comprar uno de esos aparatos que graban los mensajes... o tal vez no. Ya que lo pensaba, el teléfono no era uno de sus aparatos favoritos. Si la gente realmente quiere hablar contigo, siempre vuelve a llamar.

Se preparó un sandwich y un tazón de sopa, y después descubrió que no los quería. Se sentía solitario, triste y un tanto infectado por la demencia de John Shooter. No le sorprendió darse cuenta de que esos sentimientos le producían una terrible somnolencia. Empezó a lanzarle miradas anhelantes al sofá.

De acuerdo, le susurró una voz interior. *Recuerda, no obstante... puedes correr, pero no te puedes esconder. Al despertar aún estará aquí esta mierda.*

Eso era cierto, pensó, pero mientras tanto, se alejaría, se alejaría misericordiosamente. Lo único que so podía decir en concreto en favor de las soluciones a corto plazo es que son mejores que nada. Decidió llamar a casa (su mente persistía en pensar en el domicilio de Derry como su casa, y sospechaba que era un hábito que no abandonaría pronto), le pediría a Amy que buscara el ejemplar de la *Revista de Misterio de Ellery Queen* con "Temporada de siembra" y que se lo enviara por correo urgente. Después se tumbaría en el sofá por un par de horas. Se levantaría alrededor de las siete, se metería refrescado en el estudio y escribiría un poco más de mierda.

Y con esa actitud, todo lo que escribas será mierda,
le reprochó la voz interior.
—Jódete —le dijo Mort... una de las pocas ventajas que tenía vivir solo, hasta donde podía ver, era la de hablar contigo mismo en voz alta sin que nadie se preguntara si habías perdido la razón o qué.
Tomó el auricular y marcó el número de Derry. Escuchó los acostumbrados chasquidos de la conexión de larga distancia, y después el sonido más irritante del teléfono, el da-da-da de la señal de ocupado. Amy estaba en el teléfono con alguien, y cuando Amy empezaba a hablar en serio, la conversación podía llevarse horas. Días, posiblemente.
—¡Oh, carajo, estupendo! —gritó Mort, y devolvió el auricular al soporte con tanta fuerza que hizo que la campanilla repiqueteara débilmente.
¿Y ahora, qué, hombrecillo?
Suponía que podría comunicarse con Isabelle Fortin, quien vivía al otro lado de la calle, pero de pronto le pareció que esa opción requería demasiado esfuerzo y además era un fastidio. Isabelle ya estaba tan metida en la separación de Amy y él que su participación sólo se quedaba corta en cuanto a la filmación de las escenas domésticas. Y aparte, ya eran más de las cinco —en realidad la revista no empezaría a moverse por el canal postal entre Derry y Tashmore hasta mañana en la mañana, sin importar la hora en que se enviara hoy. Intentaría comunicarse con Amy más tarde, y si la línea estaba ocupada otra vez (o si Amy, por casualidad, seguía con la misma llamada), a pesar de todo, recurriría a Isabelle para enviarle el mensaje. Por el momento, la canción de las sirenas del sofá de la sala era demasiado atractiva para ignorarla.
Mort desconectó el teléfono —quienquiera que fuese el que había tratado de llamarle cuando venía por el camino, tendría que esperar un rato más, por favor y gracias— y se dirigió a la sala.
Acomodó las almohadas en las posiciones familiares, una detrás de la cabeza y la otra detrás del cuello, y miró hacia el lago, donde se estaba poniendo el sol al

final de una larga y espectacular pista dorada. *Nunca me había sentido tan solitario y en una situación tan horrible en toda mi vida,* pensó con cierto asombro. Luego sus párpados se cerraron poco a poco sobre los ojos ligeramente inyectados, y Mort Rainey, quien todavía tenía que descubrir lo que era el verdadero horror, se quedó dormido.

12

Soñó que estaba en un salón de clases.

Era un salón de clases conocido, aunque no sabía por qué. Estaba con John Shooter en el salón de clases. Shooter sostenía una bolsa de víveres en la curva del brazo. De la bolsa sacó una naranja y la hizo rebotar de arriba abajo en la mano. Miraba en dirección de Mort, pero no *a* Mort; la mirada parecía fija en algo situado más allá del hombro de Mort. Este se dio vuelta y vio una pared de ladrillo, una pizarra y una puerta con un panel superior de cristal opaco. Al cabo de un momento, pudo descifrar la escritura al revés en el cristal opaco.

BIENVENIDOS A LA ESCUELA DE LOS GOLPES DUROS

decía. Lo escrito en la pizarra era más fácil de leer:

TEMPORADA DE SIEMBRA
Un cuento corto por Morton Rainey

decía.

De repente, algo pasó silbando junto al hombro de Mort, muy cerca de su cabeza. La naranja. Mientras Mort se encogía hacia atrás, la naranja se estrelló en la pizarra, estalló con un podrido sonido de aplastado y esparció sangre sobre lo que antes estaba escrito ahí.

Se volvió hacia Shooter. *¡Deténgase!*, gritó con voz de reprimenda temblorosa.

Shooter metió de nuevo la mano a la bolsa. *¿Qué pasa?*, preguntó éste con su voz calmada y severa. *¿No reconoces las naranjas de sangre cuando las ves? ¿Qué clase de escritor eres?*

Lanzó otra. Salpicó de carmesí el nombre de Mort y empezó a gotear lentamente por la pared.

¡Ya no más!, gritó Mort, pero Shooter volvió a meter la mano en la bolsa con actitud lenta e implacable. Los dedos largos y callosos se hundieron en la cáscara de la naranja al sacarla; la sangre empezó a brotar por la cáscara de la naranja en gotas como alfilerazos.

¡No más! ¡No más! ¡Por favor! ¡No más! ¡Si se detiene, admitiré cualquier cosa, todo! ¡Cualquier cosa, si se detiene! ¡Si se...

13

—... detiene, si se detiene...

Se estaba cayendo.

Mort se agarró del borde del sofá justo a tiempo para ahorrarse un viaje corto y probablemente doloroso al piso de la sala. Rodó hasta el fondo del sofá, y ahí se quedó por un momento, aferrado a los cojines, temblando y tratando de comprender los cabos deshilachados del sueño.

Fue algo acerca de un salón de clases y naranjas con sangre, y la escuela de golpes duros. Incluso esto estaba desapareciendo y ya se había desvanecido el resto. Lo que fuera, había sido muy real. Demasiado real.

Por fin abrió los ojos, pero había muy poco que ver; hacía bastante tiempo que se había puesto el sol. Estaba horriblemente entumecido, sobre todo en la base del cuello, y sospechaba que había dormido por lo menos cuatro horas, tal vez cinco. Se dirigió con cautela hacia el interruptor de la luz de la sala, consiguió, para variar, eludir la mesa de café con cubierta de cristal (tenía la impresión de que la mesa era semisensible, y tendía a cambiar levemente de posición después del oscurecer a fin de darle puntapiés en las espinillas con más facilidad), y salió al vestíbulo del frente para llamar a Amy. En el camino vio el reloj. Eran las diez y cuarto. Había dormido más de cinco horas... y no era la primera vez. Y ni siquiera lo pagaría dando vueltas y más vueltas toda la noche. Si juzgaba por la experiencia pasada, se quedaría dormido en cuanto pusiera la cabeza en la almohada.

Tomó el auricular, intrigado unos instantes por el silencio en el oído, y luego recordó que había desconectado el maldito aparato. Tiró del cable a través de los dedos hasta que llegó a la clavija, se dio vuelta para conectarla... y se detuvo. Desde ahí podía mirar por la pequeña ventana a la izquierda de la puerta. Esto le daba un ángulo de visión del pórtico posterior, donde el misterioso y desagradable señor Shooter había dejado el día anterior el manuscrito bajo una roca. También veía el gabinete de la basura, y en éste había algo —dos cosas, en realidad—. Una cosa blanca y una cosa oscura. La cosa oscura era repugnante; durante un aterrorizador momento, Mort pensó que se había agazapado ahí una araña gigantesca.

Soltó el cable del teléfono y encendió rápidamente la luz del pórtico. Después hubo un espacio de tiempo —no sabía de cuánta duración ni le interesaba saberlo— durante el cual le fue imposible moverse.

La cosa blanca era una hoja de papel para máquina —una hoja de 21 × 28 cm común y corriente. Aun cuando el gabinete de basura estaba a cerca de cinco metros de distancia del sitio donde permanecía Mort, las pocas palabras en la hoja estaban escritas en grandes rasgos y las podía leer con claridad. Pensó que Shooter debió haber usado un lápiz con una mina extremadamente suave o un pedazo de carbón de artista.

RECUERDE, TIENE 3 DÍAS, decía el mensaje. NO ESTOY BROMEANDO.

La cosa negra era Bump. En apariencia, Shooter le había roto el cuello al gato antes de clavarlo al techo del gabinete de la basura con un desarmador proveniente del propio cobertizo de herramientas de Mort.

14

No se percató de cómo se rompió la parálisis que lo atenazaba. En un momento estaba de pie, congelado, junto a la mesa del teléfono en el vestíbulo, con la mirada fija en el bueno de Bump, al cual parecía que le había crecido un mango de desarmador en la mitad del pecho, donde tenía un manchón de pelo blanco —a Amy le gustaba llamarlo el babero de Bump—. En el siguiente, estaba de pie a la mitad del pórtico con el helado aire nocturno que lo fustigaba a través de la delgada camisa, tratando de ver en seis diferentes direcciones al mismo tiempo.

Se obligó a sí mismo a detenerse. Shooter ya se había marchado, desde luego. Por eso había dejado la nota. Tampoco parecía probable que él fuese la clase de chiflado que disfrutara observando el obvio temor y el horror de Mort. Estaba chiflado, de acuerdo, pero se había caído de un árbol distinto. En pocas palabras, había utilizado a Bump, lo había usado con Mort en la misma forma en que un granjero utiliza una palanca con una roca obstinada en el norte de su parcela. No había nada personal en ello; no era más que una tarea necesaria.

Entonces pensó en la expresión de los ojos de Shooter esa tarde, y se estremeció con violencia. No, sí era personal. Era personal por donde se le viera.

—Está convencido de que lo hice —murmuró Mort a la fría noche del occidente de Maine, y las palabras salieron como trozos desgarrados, despedazados por los dientes castañeantes—. En realidad, el demente hijo de puta está convencido de que lo hice.

Se acercó al gabinete de la basura y su estómago dio vueltas como un perro que hace una gracia. En la frente le brotó un sudor frío y no estuvo seguro de que podría ocuparse de lo que requería su atención. La cabeza de Bump estaba marcadamente ladeada hacia la izquierda, lo que le daba una grotesca apariencia de signo de interrogación. Los dientes, pequeños, proporcionados, afilados como agujas estaban descubiertos. Había un poco de sangre alrededor de la hoja del desarmador en el punto donde se introducía en el (babero) pelo, pero no era mucha. Bump era un gato amistoso; si Shooter se acercó a él, Bump no huyó. Y con toda seguridad, eso fue lo que hizo Shooter, pensó Mort, y se secó el malsano sudor de la frente. Agarró al gato, le rompió el cuello entre los dedos como una rama seca y después lo clavó al techo en declive del gabinete de la basura, todo mientras Mort Rainey dormía, si no el sueño de los justos, sí el de los sordos.

Mort estrujó la hoja de papel, se la metió en el bolsillo trasero y luego puso la mano sobre el pecho de Bump. El cuerpo, que todavía no estaba rígido ni frío del todo, se movió bajo su mano. El estómago le dio vueltas de nuevo, pero obligó a su otra mano a cerrarse alrededor del mango de plástico amarillo del desarmador para sacarlo.

Tiró el desarmador al pórtico y sostuvo al pobre Bump en la mano derecha como un montón de andrajos. Ahora el estómago iba en picada, daba vueltas y vueltas y vueltas. Levantó una de las dos tapas del gabinete de basura y la aseguró con el gancho y el orificio que impedían que la pesada tapa cayera sobre los brazos o la cabeza de quien estuviese depositando la basura. En el interior estaban alineados tres botes. Mort levantó la tapa del central y depositó dentro el cuerpo de Bump con suavidad. Yació plegado sobre una bolsa verde olivo de Hefty como una estola de piel.

Súbitamente, se llenó de rabia contra Shooter. Si en

ese segundo el hombre hubiese aparecido en la entrada, Mort se habría lanzado sobre él sin pensarlo dos veces —lo habría tirado al suelo y, si era posible, lo habría estrangulado.

Calma ... realmente es contagiosa.

Tal vez lo era. Y tal vez no le importaba. No se trataba nada más de que Shooter había matado a su única compañía en esta solitaria casa de octubre junto al lago; se trataba de que lo había hecho mientras dormía Mort, y en una forma que había convertido al bueno de Bump en un objeto de repulsión, algo que era difícil que no provocara el vómito.

Sobre todo, estaba el hecho de que se había visto obligado a colocar al buen gato en un bote de basura como un pedazo de desperdicio sin valor.

Lo enterraré mañana. En ese trozo de terreno blando en el lado izquierdo de la casa. Con vista al lago.

Sí, pero esta noche Bump permanecería en un estado indigno sobre una bolsa de Hefty en el gabinete de la basura porque un hombre —un demente hijo de puta— podía estar cerca, y el hombre le tenía inquina por un cuento en el cual Mort Rainey ni siquiera había pensado en los últimos cinco años. El hombre está loco y, en consecuencia, Mort temía enterrar a Bump esta noche, porque nota o no nota, Shooter podía estar cerca.

Quiero matarlo. Y si el bastardo demente me provoca podría intentarlo.

Volvió al interior, cerró de golpe la puerta y le echó llave. Después caminó deliberadamente por la casa, cerrando todas las puertas y ventanas. Cuando terminó, regresó a la ventana junto a la puerta del pórtico y contempló pensativo la oscuridad. Desde ahí veía el desarmador caído sobre los tablones y el oscuro agujero redondo que había quedado cuando Shooter lo hundió en la cubierta derecha del gabinete de basura.

De repente recordó que debía llamar a Amy.

Conectó la clavija en la pared. Marcó rápidamente, los dedos tecleando los viejos botones conocidos que equivalían al hogar, y se preguntó si debía decirle a Amy lo que le había ocurrido a Bump.

La pausa fue anormalmente larga antes de los chasquidos preliminares. Estaba a punto de colgar cuando escuchó un crujido final —tan alto que fue casi un ruido sordo— seguido por una voz de robot que le decía que el número que había marcado estaba fuera de servicio.

—Maravilloso —murmuró—. ¿Qué diablos hiciste, Amy? ¿Lo usaste hasta que estalló?

Oprimió el botón de desconexión, pensando que tendría que llamar a Isabelle Fortin después de todo, y mientras hurgaba en la memoria por el número, el teléfono sonó en su mano.

No se había dado cuenta de lo alterado que estaba hasta que sucedió. Dio un pequeño grito agudo y saltó hacia atrás, dejó caer el teléfono y casi tropezó con la maldita banca que había comprado Amy y colocado junto a la mesa del teléfono, la banca que absolutamente nadie había usado nunca, ni siquiera Amy.

Palpó con la mano, se agarró del librero y se sostuvo para no caerse. Después, levantó el teléfono y dijo:

—¿Hola? ¿Es usted, Shooter? —en ese momento, cuando parecía que todo el mundo estaba al revés, no se imaginaba quién más podía ser.

—¿Mort? —era Amy, y casi gritaba. Conocía muy bien el tono de los últimos dos años de su matrimonio. Era frustración o enojo, más bien lo último—. ¿Mort, eres tú? ¿Eres tú, por amor de Dios? ¿Mort? ¿M...?

—Sí, soy yo —dijo. De pronto, se sintió muy cansado.

—¿Dónde diablos has estado? ¡He tratado de comunicarme contigo durante las últimas *tres horas*!

—Estaba dormido —dijo.

—Desconectaste el teléfono —hablaba con el tono cansado pero acusador de alguien que ya ha recorrido antes ese camino—. Bueno, elegiste una magnífica oportunidad para hacerlo, campeón.

—Traté de llamarte alrededor de las cinco...

—Estaba en la casa de Ted.

—Pues *alguien* estaba ahí —dijo—. Tal vez...

—¿A qué te refieres con que alguien estaba ahí? —preguntó como un trallazo—. ¿Quién estaba ahí?
—¿Cómo diablos voy a saberlo, Amy? Tú eres la que está en Derry, ¿recuerdas? Tú Derry, yo Tashmore. Todo lo que sé es que la línea estaba ocupada cuando traté de llamarte. Si tú estabas en casa de Ted, supongo entonces que Isabelle...
—*Todavía* estoy en casa de Ted —dijo, y ahora su voz era extrañamente llana—. Creo que me quedaré con Ted por un buen tiempo, lo quiera o no. Alguien quemó nuestra casa, Mort. Alguien la quemó hasta los cimientos —y súbitamente, Amy se soltó llorando.

15

Había estado tan obsesionado con John Shooter que mientras permanecía entumecido en la casa que les quedaba a los Rainey, con el teléfono apretado contra el oído, su suposición inmediata fue que Shooter había incendiado la casa. ¿Motivo? Vaya, por supuesto, oficial. Incendió la casa, una construcción victoriana restaurada que valía cerca de 800 000 dólares, para eliminar una revista. La *Revista de Misterio de Ellery Queen,* para ser preciso; el ejemplar de junio de 1980.

¿Pero *podría* haber sido Shooter? No, ciertamente. La distancia entre Derry y Tashmore era de más de ciento cincuenta kilómetros, y el cuerpo de Bump todavía estaba caliente y flexible, la sangre alrededor de la hoja del desarmador pegajosa, pero no seca.

Si se dio prisa...

Vamos, ¿por qué no lo olvidas? Muy pronto empezarás a culpar a Shooter por tu divorcio y pensarás que has estado durmiendo dieciséis horas de cada veinticuatro porque Shooter te pone fenobarbital en la comida. ¿Y después de eso? Podrás escribir cartas al periódico diciendo que la piedra angular de la cocaína en Norteamérica es un caballero de Trasero del Cuervo, Mississippi, llamado John Shooter. Que él asesinó a Jimmy Hoffa, y da la casualidad, también, que fue la famosa segunda pistola que disparó contra Kennedy desde el montículo de césped en noviembre de 1963. El hombre está loco, de acuerdo... ¿pero crees realmente que conduciría ciento cincuenta kilómetros al norte y desbarataría tu maldita casa para que desapareciera una revista? *¿En especial cuando por toda Norteamérica debe haber ejemplares en existencia de esa revista? Compórtate con sensatez.*

PERO AUN ASÍ... SI SE DIO PRISA...

No. Era ridículo. Pero Mort comprendió de pronto que no podría mostrarle al hombre la maldita prueba. No, a menos...

El estudio estaba en la parte posterior de la casa; habían convertido lo que una vez había sido el desván de la cochera-granero.

—Amy —dijo.

—¡Es tan *horrible*! —lloraba Amy—. Yo estaba en casa de Ted, e Isabelle me llamó... dijo que había por lo menos quince carros de bomberos... las mangueras rociando... multitudes... mirones... *curiosos*... tú sabes cómo me molesta que venga la gente a curiosear la casa, incluso cuando no se está quemando...

Mort tuvo que morderse el interior de las mejillas para sofocar una estrepitosa carcajada. En este momento la risa sería lo peor, la cosa más cruel que podría hacer, debido a que él *sabía*. Su éxito en el oficio elegido después de años de lucha había sido algo importante y satisfactorio. Algunas veces se sentía como un hombre que se había abierto camino a través de una selva peligrosa donde perecían la mayoría de los aventureros, y había ganado un premio fabuloso por su hazaña. Amy se había alegrado por él, al menos al principio, pero para ella, el triunfo había tenido un aspecto amargo: la pérdida de su identidad, no sólo como persona privada, sino como una persona *separada*.

—Sí —dijo lo más amablemente que pudo, todavía

mordiéndose las mejillas para protegerse contra la risa amenazante. Si se reía, sería por la desafortunada elección de palabras de su esposa, pero ella no lo vería así. Durante su matrimonio, con mucha frecuencia había interpretado mal su risa—. Sí, lo sé, cariño. Dime qué sucedió.

—¡Alguien incendió nuestra *casa*! —gritó llorosa Amy—. ¡Eso fue lo que *sucedió*!

—¿Es pérdida total?

—Sí. Eso fue lo que dijo el jefe de los bomberos —Mort pudo escuchar que tragaba saliva, tratando de controlarse, y después sus lágrimas se soltaron de nuevo como un huracán—. Se que-que-mó *comple-completamente*.

—¿Incluso mi estudio?

—Ahí fue don-donde *em-empezó* —sorbió con la nariz—. Al menos el jefe de bomberos mencionó que eso creían. Y se ajusta a lo que vio Patty.

—¿Patty Champion?

Los Champion eran proprietarios de la casa contigua a la derecha de la de los Rainey; los dos lotes estaban separados por un cinturón de tejos que con los años se habían vuelto silvestres.

—Sí. Espera un segundo, Mort.

Se oyó un graznido cuando se sonó la nariz, y cuando volvió a la línea, parecía más compuesta.

—Patty les dijo a los bomberos que estaba paseando a su perro. Era un poco después de que oscureció. Pasó por delante de nuestra casa y vio un auto estacionado bajo el pórtico. Luego escuchó un estallido en el interior, y vio llamas en la ventana grande del estudio.

—¿Observó qué clase de auto era? —preguntó Mort. Le dolía la boca del estómago. Mientras absorbía las noticias, el asunto de John Shooter empezó a menguar en tamaño e importancia. No sólo era el maldito ejemplar de la *Revista de Misterio de Ellery Queen* de junio de 1980; eran casi *todos* sus manuscritos, tanto los que había publicado como los que estaban incompletos, y la mayor parte de las primeras ediciones, las ediciones extranjeras, los ejemplares de sus colaboradores.

¡Oh! Pero eso sólo era el principio. Habían perdido sus libros, tantos como cuatro mil volúmenes. Si el daño era tan malo como decía, se había quemado toda la ropa de Amy, y los muebles antiguos que había coleccionado —a veces con su ayuda, pero mayormente ella sola— ahora no serían más que ceniza y carbones. Las alhajas y documentos personales —las pólizas de seguro y demás— era probable que se hubiesen salvado (la caja de seguridad oculta en el fondo del armario de la parte alta, se suponía que era a prueba de incendio), pero de los tapetes turcos sólo quedarían residuos, las cerca de mil cintas de video derretidas en amasijos de plástico, el equipo audiovisual... las ropas... las fotografías, miles de ellas...

Santo Dios, y en lo primero que pensó fue en esa maldita *revista*.

—No —estaba diciendo Amy, en respuesta a la pregunta de la que ya casi se había olvidado al comprender la enormidad de la pérdida personal—, no distinguió la marca del automóvil. Dijo que pensaba que habían utilizado un coctel Molotov, o algo semejante, por la forma en que estalló el fuego a través de la ventana después del ruido de cristales rotos. Dijo también que se dirigió hacia la entrada, cuando en eso se abrió la puerta de la cocina y vio que salía un hombre corriendo. Bruno empezó a ladrarle, pero Patty se asustó y tiró de él, aunque mencionó que casi le arrancó la correa de la mano. Después el hombre subió al auto y lo puso en marcha. Encendió los faros y Patty dice que casi la cegaron. Levantó el brazo para protegerse los ojos, y el auto salió como estampida del pórtico... eso fue lo que dijo... y ella se pegó contra la verja del frente y tiró de Bruno lo más fuerte que pudo, porque si no el auto lo hubiese arrollado. Luego el hombre dio vuelta en la entrada y se alejó por la calle, a toda velocidad.

—¿Y nunca vio el tipo de auto que era?

—No, primero estaba oscuro, y además, cuando el fuego empezó a brillar a través de la ventana de tu estudio, la deslumbraron los faros. Volvió corriendo a la casa y llamó al departamento de bomberos. Isabelle dijo que llegaron en seguida, pero ya sabes lo vieja que es... era... nuestra casa... y la rapidez con que se quema la madera seca... especialmente con gasolina.

Sí, lo sabía. Vieja, seca, llena de madera, la casa había sido el sueño dorado de un incendiario. ¿Pero quién? Si no fue Shooter, *¿quién?* Esta terrible noticia, después de los acontecimientos del día, como un repugnante postre al final de una comida detestable, casi había paralizado por completo su capacidad para pensar.

—Dijo que probablemente *fue* gasolina... el jefe de bomberos, quiero decir... él fue quien llegó primero, pero después se presentó la policía, y me estuvieron interrogando, Mort, sobre todo acerca de ti... acerca de los enemigos que pudieras tener... *enemigos*... y les dije que no creía que tu-tuvieses enemigos... Traté de responder a todas sus preguntas...

—Estoy seguro de que actuaste lo mejor posible —señaló Mort amablemente.

Amy prosiguió como si no lo hubiese oído, hablaba en elipsis jadeantes, como una operadora de teléfono que relatase en voz alta las noticias fatales igual que como las vierte por el alambre.

—No sabía cómo decirles que estamos *divorciados*... y, por supuesto, no estaban enterados... fue Ted quien tuvo que decírselos finalmente... Mort... la Biblia de mi madre... estaba en la mesa de noche del dormitorio... en ella había fotografías de mi familia... y... era lo único... lo único que tenía de ella...

Su voz se disolvió en sollozos miserables.

—Estaré ahí en la mañana —dijo Mort—. Si salgo a las siete, podré llegar a las nueve y media. Tal vez a las nueve, ahora que ya no hay tráfico de verano. ¿Dónde pasarás la noche? ¿En casa de Ted?

—Sí —aceptó, sorbiendo por la nariz—. Ya sé que no te agrada, Mort, pero no sé qué hubiese hecho esta noche sin él... cómo podría haberlo manejado... ya sabes... toda las preguntas...

—Me alegro entonces que esté contigo —dijo

categórico. La calma, y lo *civilizado* de su voz le
pareció asombroso—. Cuídate. ¿Tienes tus píldoras?
—en los últimos seis años de su matrimonio le habían
recetado un tranquilizante, pero sólo lo tomaba cuando
viajaba en avión... o, recordaba, cuando él tenía que
cumplir con alguna función pública. Una que requería
la presencia de la Esposa Designada.

—Estaban en el gabinete de las medicinas —indicó
en tono apagado—. No importa. No estoy nerviosa.
Sólo descorazonada.

Mort estuvo a punto de decirle que su estado de
ánimo era muy semejante, pero decidió no hacerlo.

—Estaré ahí tan pronto como pueda —aseguró—. Si
crees que es conveniente que llegue esta noche...

—No —dijo Amy—. ¿Dónde nos encontraremos?
¿En la casa de Ted?

De repente, sin premeditación, vio que su mano
sostenía una llave maestra de camarera. La vio que
giraba en la cerradura de la puerta de una habitación de
motel. Vio que se abría la puerta. Vio los rostros
sorprendidos por encima de la sábana, Amy a la
izquierda, Ted Milner a la derecha. El peinado con
secadora de aire de Ted se había desbaratado y
desordenado en la cama, y Mort se acordó de Alfalfa,
de los viejos episodios de La Pandilla. Los tirabuzones
en el cabello de Ted como resultado de haberse dormido
contribuyeron a que el hombre le pareciera real a Mort
por primera vez. Había visto su consternación y los
hombros desnudos de ambos. Y de súbito, casi al azar,
pensó: *Una mujer que te roba tu amor cuando ese amor
es realmente todo lo que tienes...*

—No —respondió—, en la casa de Ted no. ¿Qué te
parece esa pequeña cafetería en la calle Witcham?

—¿Preferirías que fuera sola? —no se le oía enojada,
pero sí *lista* para enojarse. *Qué bien la conozco,* pensó.
*Cada cambio, cada ascenso y descenso en el tono de su
voz, cada matiz en las frases. Y qué bien debe
conocerme ella.*

—No —dijo—. Lleva a Ted. Está bien —no estaba
bien, pero podría soportarlo, pensó.

—Nueve treinta entonces —convino Amy, y pudo percibir que se suavizaba un poco—. Marchman's.
—¿Es el nombre de la cafetería?
—Sí... Restaurante Marchman's.
—De acuerdo. Nueve treinta o un poco más temprano. Si yo llego primero, pondré una marca con tiza en la puerta...
—... y si yo llego antes, la borro —terminó Amy la vieja broma, y ambos rieron un poco. Mort descubrió que aun la risa era dolorosa. Se conocían mutuamente, sin duda. ¿No se suponía que para eso habían servido los años que pasaron juntos? ¿Y no era por esa razón que dolía tanto, no sólo la admisión de que *podrían* terminar esos años, sino el reconocimiento de que ya habían terminado?

De pronto recordó la nota clavada bajo una de las tejas del gabinete de la basura —RECUERDE, TIENE 3 DÍAS. NO ESTOY BROMEANDO—. Pensó en añadir: *Yo he tenido una pequeña dificultad aquí, Amy,* pero comprendió que no podía aumentar la actual carga de aflicción de su ex esposa. Era problema suyo.

—Si hubiese sucedido más tarde, al menos habrías salvado tu material —estaba diciendo Amy—. No quiero pensar en todos los manuscritos que habrás perdido. Mort. Si hace dos años, cuando lo sugirió Herb, hubieses instalado los cajones a prueba de incendio, tal vez...

—No creo que sea importante —dijo Mort—. Aquí tengo el manuscrito de la nueva novela —y así era. Las catorce insípidas páginas de mierda—. Al diablo con el resto. Te veré mañana, Amy, yo...

(*te amo*)

Cerró los labios sobre las palabras. Estaban divorciados. ¿*Podía* amarla todavía? Parecía casi perverso. E incluso si así fuera, ¿tenía derecho a decirlo?

—Lamento mucho todo esto —le dijo en cambio.
—También yo, Mort. Lo lamento tanto —empezó a llorar de nuevo. Ahora podía oír que alguien, una mujer, Isabelle Fortin probablemente, la consolaba.

—Trata de dormir un poco, Amy.
—Tú también.
Colgó. De pronto, la casa se sintió mucho más silenciosa que las otras noches que había pasado solo ahí; no se oía más que el viento de la noche que susurraba entre los aleros y, a la distancia, el grito de un somorgujo. Sacó la nota del bolsillo, la alisó y la leyó de nuevo. Era la clase de objeto que se suponía que debías guardar para la policía. De hecho, era la clase de objeto que se suponía que no debías tocarlo siquiera hasta que la policía lo fotografiara y pusiera en funcionamiento su brujería con él. Era —redoble de tambores y toque de trompetas, por favor— EVIDENCIA.

Bueno, al carajo, pensó Mort, mientras arrugaba la nota de nuevo. Nada de policía. A Dave Newsome, el alguacil local, probablemente le era difícil recordar lo que había desayunado para la hora del almuerzo, y pensaba que no tenía caso que llevara el asunto al comisario del condado o a la policía estatal. Después de todo, no se había cometido un atentado contra su vida; habían matado a su gato, pero un gato no era una persona. Y a la luz de las devastadoras noticias de Amy, John Shooter ya no parecía tan importante. Era uno de los Sujetos Chiflados, estaba obsesionado y podría ser peligroso... pero Mort cada vez se inclinaba más a hacer el intento de manejar él mismo el asunto, incluso si Shooter era peligroso. *En especial* si era peligroso.

La casa de Derry tomaba prioridad sobre John Shooter y las ideas descabelladas de John Shooter. Incluso tenía un lugar prioritario sobre quién era el autor del hecho —Shooter o algún otro maniático con un supuesto agravio, un problema mental, o ambas cosas. La casa, y Amy, suponía—. Era obvio que estaba desconsolada y a ninguno de los dos le perjudicaría que él le ofreciera el consuelo que pudiera. Tal vez incluso ella...

Pero cerró la mente a cualquier especulación sobre las posibles reacciones de Amy. No veía más que dolor en el futuro inmediato. Era preferible no pensar en el futuro.

Subió al dormitorio, se desvistió y se acostó con las manos detrás de la cabeza. El somorgujo chilló otra vez, desesperado y distante. De nuevo se le ocurrió que Shooter podría estar ahí fuera, deslizándose por los alrededores, el rostro un círculo pálido bajo el extraño sombrero negro. Shooter estaba chiflado, y aunque con Bump había usado las manos y un desarmador, eso no excluía la posibilidad de que tuviese una pistola.

Pero Mort no creía que Shooter estuviese ahí fuera, armado o no.

Llamadas, pensó. *Tendré que hacer por lo menos dos llamadas en el camino a Derry. Una a Greg Carstairs y otra a Herb Creekmore. Cuando salga de aquí a las siete, será demasiado temprano para llamar, pero podría usar una de las cabinas públicas en las casetas de peaje en Augusta...*

Se dio vuelta sobre un costado, pensando que, después de todo, pasaría un buen rato antes de que pudiese dormirse esta noche... y en eso, el sueño lo inundó como una suave ola negra, y si alguien vino a atisbarlo mientras dormía, nunca se enteró.

16

La alarma del despertador sonó a las seis y quince. Le llevó media hora enterrar a Bump en el tramo arenoso de terreno entre la casa y el lago, y a las siete estaba en camino, como lo había planeado. Llevaba recorridos quince kilómetros en dirección a Mechanic Falls, una animada metrópoli que consistía en una fábrica textil que había cerrado en 1970, cinco mil almas y una señal amarilla en la intersección de las rutas 23 y 7, cuando se dio cuenta de que el viejo Buick funcionaba con el puro olor de la gasolina. Se desvió en Bill's Chevron, maldiciéndose por no haber revisado el indicador antes de salir —si hubiese entrado a Mechanic Falls ignorante de lo bajo que estaba el indicador, le hubiera esperado una buena caminata y habría llegado muy tarde a su cita con Amy.

Se dirigió a un teléfono en la pared mientras el encargado de la bomba trataba de llenar el abismo sin fondo del Buick. Desenterró del bolsillo la maltratada libreta de direcciones, y marcó el número de Greg Carstairs. Pensaba que a esta hora temprana podría localizar a Greg, y acertó.

—¿Hola?
—Hola, Greg... Mort Rainey.
—Hola, Mort. Parece que tienes problemas en Derry, ¿eh?
—Sí —dijo Mort—. ¿Apareció en las noticias?
—Canal 5.
—¿Cómo se veía?
—¿Cómo se veía *qué*? —respondió Greg. Mort hizo una mueca, pero si tenía que oír esas palabras de alguien, le alegraba que hubiese sido Greg Carstairs. Era un ex jipi amigable, de cabello largo, quien se había convertido a una secta religiosa bastante oscura, los suecoborgianos, tal vez, no mucho después de Woodstock. Tenía esposa y dos hijos, uno de siete y uno de cinco años, y hasta donde sabía Mort, toda la familia era tan pacífica como Greg mismo. Se acostumbraba uno tanto a la sonrisa del hombre, pequeña pero constante, que se veía desvestido las pocas ocasiones que estaba sin ella.

—¿Así de mal, eh?
—Sí —dijo Greg lacónico—. Debe haber ardido como un cohete. Lo siento mucho, hombre.
—Gracias. Voy para allá, Greg. Te estoy llamado desde Mechanic Falls. ¿Puedes hacerme un favor en mi ausencia?
—Si te refieres a las tejas, creo que estarán...
—No, las tejas no. Otra cosa. Hay un sujeto que me ha estado molestando en los últimos dos o tres días. Un chiflado. Pretende que le robé un cuento que él escribió hace seis o siete años. Cuando le dije que yo había escrito mi versión del mismo cuento antes de la fecha

Ventana Secreta, jardín secreto

en que él afirma que escribió el suyo, y añadí que podía probarlo, se puso como loco. Casi esperaba que eso lo desanimara, pero no tuve esa suerte. Anoche, mientras yo dormía en el sofá, mató a mi gato.

—¿Bump? —Greg se oyó vagamente asombrado, una reacción que equivalía a una sorpresa tremenda en otra persona—. ¿Mató a *Bump*?

—Así es.

—¿Hablaste al respecto con Dave Newsome?

—No, y no quiero hacerlo. Me gustaría arreglar este asunto yo mismo, si puedo.

—El sujeto no es exactamente un pacifista, Mort.

—No es lo mismo matar a un gato que a un hombre —dijo Mort—, y creo que es posible que yo pueda manejarlo mejor que Dave.

—Bueno, es probable que tengas razón —coincidió Greg—. Dave está un poco lento desde que cumplió los setenta. ¿Qué puedo hacer por ti, Mort?

—En primer lugar, me gustaría saber dónde se hospeda.

—¿Cómo se llama?

—No lo sé. En el cuento que me mostró aparecía el nombre de John Shooter, pero después se hizo el gracioso acerca de eso, me dijo que podría ser un seudónimo. Yo creo que lo es, *suena* como un seudónimo. De cualquier forma, dudo que se haya registrado con ese nombre si se hospeda en un motel del área.

—¿Qué apariencia tiene?

—Mide cerca de un metro ochenta y tiene poco más de cuarenta años. El rostro se le ve maltratado por la intemperie... líneas del sol alrededor de los ojos y arrugas que parten desde las comisuras de la boca, como si abrazaran la barbilla.

Mientras hablaba, el rostro de "Shooter" flotaba en su consciente con creciente claridad, como el rostro de un espíritu que surge en el lado curvado de la bola de cristal de una médium. Mort sintió pinchazos de carne de gallina en los dorsos de las manos y un leve estremecimiento. En su cerebro medio, una voz murmuraba sin cesar que se estaba equivocando o trataba de confundir a Greg con toda intención. Shooter era peligroso, en efecto. No era necesario pensar en lo que el hombre le había hecho a Bump para saberlo. Lo había visto en los ojos de Shooter la tarde del día anterior. ¿Por qué, entonces, jugaba al vigilante voluntario?

Porque, otra voz, más profunda, respondió con una especie de firmeza riesgosa. *Porque sí, eso es todo.*

La voz del cerebro medio habló de nuevo, preocupada: *¿Te propones lastimarlo? ¿De eso se trata? ¿Te propones lastimarlo?*

Pero la voz profunda no respondía. Se había quedado en silencio.

—Se oye como la descripción de la mitad de los granjeros de los alrededores —decía Greg incierto.

—Bien, hay un par de cosas más que te pueden ayudar a localizarlo —dijo Mort—. Es del sur, en primer lugar... tiene un acento que se distingue a kilómetros. Usa un gran sombrero negro, de fieltro, creo, con una copa redonda. Se parece al tipo de sombrero que usan los menonitas. Y conduce una furgoneta Ford azul, de principios o mediados de los setenta. Matrícula de Mississippi.

—Muy bien, mejor. Preguntaré. Si está en la zona, alguien tiene que saberlo. En esta época del año se notan las matrículas de otros estados.

—Lo sé —algo más cruzó por su mente—. Podrías preguntarle a Tom Greenleaf. Estaba hablando con este Shooter ayer en la avenida del lago, a menos de un kilómetro al norte de mi casa. Tom apareció en su Scout. Al pasar, nos saludó con la mano, y ambos respondimos el saludo. Tom tiene que haberlo visto bastante bien.

—De acuerdo. Es probable que lo encuentre en Bowie's si caigo por un café alrededor de las diez.

—Él ha estado ahí, también —aseguró Mort—. Lo sé porque mencionó el estante de libros de ediciones de bolsillo. Es uno de los antiguos.

—Y si lo localizo, ¿qué?

—Nada —dijo Mort—. No hagas nada. Te llamaré en

la noche. Mañana en la noche ya estaré de regreso en la casa junto al lago. No sé qué diablos puedo hacer en Derry, aparte de escarbar entre las cenizas.

—¿Qué hay de Amy?

—Está con un individuo —dijo Mort, tratando de que no se le oyera tenso, y probablemente se le oyó así, de todas maneras—. Me imagino que lo que Amy haga a continuación es algo que podrán resolver entre los dos.

—Oh. Lo siento.

—No es necesario —respondió Mort. Miró hacia las bombas de gasolina y vio que el encargado había terminado de llenar el tanque y ahora estaba limpiando el parabrisas del Buick, una vista que nunca había esperado que volvería a presenciar en su vida.

—Respecto a arreglártelas con este sujeto por ti mismo... ¿estás seguro de que eso es lo que quieres en realidad?

—Sí, creo que sí.

Titubeó, ya que comprendió de súbito lo que probablemente pasaba por la mente de Greg: pensaba que si encontraba al hombre del sombrero negro y Mort salía herido como resultado, él, Greg, sería el responsable.

—Escucha, Greg... si quieres, puedes acompañarme cuando hable con el tipo.

—Me parece bien —dijo Greg, aliviado.

—Lo que quiere es una prueba —explicó Mort—, así que tendré que conseguirla.

—Pero mencionaste que *tenías* la prueba.

—Sí, pero no confió exactamente en mi palabra. Supongo que tendré que frotársela en la cara para que me deje en paz.

—¡Oh! —Greg lo pensó por un momento—. El sujeto realmente está demente, ¿no es así?

—En efecto.

—Bien, veré si lo puedo encontrar. Llámame en la noche.

—Lo haré. Y gracias, Greg.

—De nada. Un cambio es tan benéfico como un descanso.

—Eso es lo que dicen.

Se despidió de Greg y verificó la hora. Eran casi las siete treinta, demasiado temprano para llamar a Herb Creekmore, a menos que quisiera sacarlo de la cama, y esto no era tan urgente. Una parada en las casetas de peaje de Augusta estaría bien. Volvió al Buick en tanto guardaba la libreta de direcciones y sacaba la cartera. Le preguntó al encargado de las bombas cuánto le debía.

—Son veintidós cincuenta, con el descuento por pago en efectivo —dijo el encargado, y después miró a Mort con timidez—. ¿Sería tan amable de darme su autógrafo, señor Rainey? Tengo todos sus libros.

Estas palabras evocaron de nuevo el recuerdo de Amy, la aversión que sentía por los buscadores de autógrafos. Mort mismo no los entendía, pero no veía nada malo en ellos. Para Amy, habían representado el cúmulo de un aspecto de la vida de ambos que cada vez le era más odioso. Ya en los últimos tiempos juntos, Mort se encogía cada vez que alguien *le pedía* un autógrafo en presencia de Amy. En ocasiones, casi podía percibir lo que estaba pensando: *Si me amas, ¿por qué no los DETIENES?* Como si fuera tan fácil. Su labor era escribir libros que querían leer las personas como este sujeto... o así lo veía. Cuando triunfó en esa tarea, le pidieron autógrafos.

Garabateó su nombre para el encargado de las bombas en el dorso de un comprobante de crédito (después de todo, había lavado el parabrisas), y reflexionó que si Amy lo había culpado por hacer algo que agradaba a la gente —y pensaba que así era, en algún nivel que ella no percibía— entonces suponía que era culpable. Pero sólo era su forma de ser.

Después de todo, lo correcto era lo correcto, como había dicho Shooter. Y lo justo era lo justo.

Subió al auto y enfiló hacia Derry.

Pagó los setenta y cinco centavos en la plaza de peaje de Augusta, y después se dirigió al área de estacionamiento junto a los teléfonos en el extremo opuesto. El día era soleado, fresco y con viento —proveniente del sudoeste desde la dirección de Litchfield, soplaba directo y constante a través de la llanura abierta donde se encontraba la plaza de la autopista, y era lo bastante fuerte para provocar que brotaran lágrimas en los ojos de Mort. Lo saboreó, a pesar de todo. Casi sentía que sacaba polvo de habitaciones dentro de su cabeza que habían estado cerradas y bloqueadas por demasiado tiempo.

Utilizó la tarjeta de crédito para la llamada a Herb Creekmore en Nueva York —al apartamento, no a la oficina. Herb no llegaría a James y Creekmore, la agencia literaria de Mort Rainey, hasta dentro de una hora más o menos, pero como Mort conocía a Herb desde hacía varios años, sabía que era probable que para ahora el hombre ya hubiese salido de la ducha y estuviese tomando una taza de café mientras esperaba que se desvaneciera el vapor del espejo del cuarto de baño para poderse afeitar.

Había tenido suerte dos veces seguidas. Herb contestó con una voz de la cual había desaparecido la mayor parte de la maraña del sueño. *Estoy en una buena racha esta mañana, ¿o qué?*, pensó Mort, y sonrió en las fauces del frío viento de octubre. En los cuatro carriles de la autopista podía ver hombres que colocaban vallas para la nieve en preparación para el invierno que se asomaba por el horizonte del calendario.

—Hola, Herb —dijo—. Te estoy llamando desde un teléfono público en la plaza de peaje de Augusta. El divorcio es definitivo, mi casa en Derry ardió hasta los cimientos anoche, un chiflado mató a mi gato, y el día está más frío que la hebilla del cinturón de un perforador de pozos... ¿nos estamos divirtiendo a pesar de todo?

No se había dado cuenta de lo absurdo que sonaba su catálogo de infortunios hasta que se oyó a sí mismo recitándolos en voz alta, y casi se rió. ¡Jesús, sí que hacía frío aquí, pero acaso no se sentía estupendo! ¡Acaso no se sentía *limpio*!

—¿Mort? —dijo Herb con cautela, como un hombre que sospecha una broma pesada.

—A tus órdenes —dijo Mort.

—¿Qué dijiste acerca de tu casa?

—Te lo diré, pero sólo una vez. Toma notas si es necesario, porque me propongo estar de regreso en mi auto antes de que me quede congelado en el teléfono —empezó con John Shooter y la acusación de John Shooter. Terminó con la conversación que había sostenido con Amy la noche anterior.

Herb, quien había pasado largos periodos como huésped de Mort y Amy (y a quien había consternado profundamente su separación, se imaginaba Mort), expresó su sorpresa y pesar por lo que había ocurrido en la casa de Derry. Preguntó si Mort tenía idea de quién lo había hecho. Mort dijo que no.

—¿Sospechas de ese individuo Shooter? —preguntó Herb—. Entiendo la importancia de que el gato haya muerto poco antes de que despertaras, pero...

—Supongo que, técnicamente, es posible, y no lo descarto por completo —respondió Mort—, pero lo dudo mucho. Tal vez sólo se debe a que no puedo imaginarme que un hombre queme una casa de veinticuatro habitaciones con el fin de eliminar una revista. Pero creo que, sobre todo, se debe a que hablé con él. En realidad está convencido de que le robé el cuento, Herb. Quiero decir que no tiene ninguna duda. Cuando le dije que podía mostrarle la prueba, su actitud fue de "adelante, hijo de puta, quisiera verla".

—No obstante... llamaste a la policía, ¿verdad?

—Sí, hice una llamada esta mañana —dijo Mort, y aunque esta afirmación era un poco falsa, no era una mentira cien por ciento. Esta mañana *había hecho* una llamada. A Greg Carstairs. Pero si le decía a Herb Creekmore, a quien podía visualizar en la sala de su apartamento de Nueva York en un par de elegantes pantalones de tweed y una camiseta con tirantes, que intentaba manejar esto por él mismo, con Greg como única ayuda, dudaba que Herb lo entendiera. Herb era un buen amigo, pero era una especie de estereotipo: hombre civilizado, modelo de fines del siglo veinte, cortés y urbano. Era la clase de hombre que creía en la asesoría. La clase de hombre que creía en la meditación y la mediación. La clase de hombre que creía en la discusión cuando la razón estaba presente, y en la inmediata delegación del problema a las Personas con Autoridad cuando estaba ausente. Para Herb, el concepto de que algunas veces un hombre tiene que hacer lo que un hombre tiene que hacer, era uno que tenía un lugar... pero su lugar estaba en películas con Sylvester Stallone como estrella.

—Muy bien, eso estuvo bien —Herb se oía aliviado—. Ya tienes bastante en el plato para preocuparte por un psicótico de Mississippi. ¿Qué harás si lo encuentran? ¿Lo acusarás de hostigamiento?

—Preferiría convencerlo de que levante su acto de persecución y se vaya con viento fresco —dijo Mort. Aún persistía esa sensación de jovial optimismo, tan injustificado pero real indudablemente. Suponía que se derrumbaría muy pronto, pero por el momento no podía dejar de sonreír. Se enjugó la nariz goteante con el puño del abrigo, y siguió con la sonrisa. Se había olvidado de lo bien que se sentía tener pegada a la boca una expresión agradable.

—¿Cómo harás eso?

—Con tu ayuda, espero. Tienes archivos de mis obras, ¿verdad?

—En efecto, pero...

—Bueno, necesito que busques el número de junio de 1980 de la *Revista de Misterio de Ellery Queen*. Es la que publicó "Temporada de siembra". Me es difícil utilizar la mía debido al incendio, así que...

—Yo no la tengo —dijo Herb con suavidad.

—¿No la tienes? —Mort pestañeó. Eso era algo que no había esperado—. ¿Por qué no?

—Porque 1980 fue dos años antes de que subiera a bordo como tu representante. Tengo por lo menos un ejemplar de todo lo que *yo* vendí para ti, pero ése es uno de los cuentos que vendiste tú mismo.

—¡Oh, *mierda*! —*en los ojos de la mente, Mort podía ver el reconocimiento de "Temporada de siembra" en* Todo el mundo critica. La mayoría de los demás reconocimientos contenían la línea "Reimpreso con licencia del autor y los representantes del autor, James y Creekmore". En "Temporada de siembra" (y dos o tres cuentos más en la colección) sólo decía "Reimpreso con licencia del autor".

—Lo siento —dijo Herb.

—Por supuesto que lo envié yo mismo... recuerdo que escribí la carta solicitando información antes de presentarlo. Pero parece que tú has sido mi representante desde siempre —rió un poco, y añadió—. Perdón.

—¿Por qué? —dijo Herb—. ¿Quieres que llame a la *Revista de Ellery Queen*? Con toda seguridad tienen números atrasados.

—¿Lo harías? —preguntó Mort, agradecido—. Sería estupendo.

—Será lo primero que haga. Sólo... —Herb hizo una pausa.

—¿Sólo qué?

—Prométeme que no confrontarás a este sujeto por ti mismo una vez que tengas en la mano el ejemplar del cuento impreso.

—Lo prometo —aseveró Mort de inmediato. De nuevo, su actitud era falsa, pero qué demonios, le *había* pedido a Greg que lo acompañara cuando viera a Shooter, y Greg había aceptado, así que *no estaría* solo. Y, después de todo, Herb Creekmore era su representante literario, no su padre. A Herb no le interesaba la forma en que manejaba sus asuntos personales.

—Bien —dijo Herb—. Me ocuparé de eso. Llámame desde Derry, Mort... tal vez no sea tan malo como parece.

—Me gustaría creerlo.

—¿Pero no lo crees?

—Me temo que no.

—Bueno —Herb suspiró. Después agregó, con cierta timidez—: ¿No te molestas si te pido que des mis saludos a Amy?

—En absoluto; lo haré con gusto.

—Bien. Sigue tu viaje y cúbrete del viento, Mort. Puedo oír cómo chilla por el teléfono. Te debes estar congelando.

—Casi. Gracias de nuevo, Herb.

Colgó y miró pensativo el teléfono por un momento. Había olvidado que el Buick necesitaba gasolina, lo cual era una distracción menor, pero también había olvidado que Herb Creekmore no había sido su representante hasta 1982, y eso no era menor, Demasiada presión, suponía. En estos casos, un hombre se preguntaba qué más había olvidado.

La voz de su mente, no la voz del cerebro medio, sino la de estratos más profundos, habló de pronto: *¿Qué hay acerca de que te hayas robado el cuento en primer lugar? Tal vez lo olvidaste.*

Bufó una risotada mientras corría al auto. Nunca en su vida había estado en Mississippi, y aun ahora, atorado como estaba en un bloqueo de escritor, jamás se rebajaría al plagio. Se deslizó detrás del volante y encendió el motor, reflexionando que la mente de las personas concebía mierdas extrañas de vez en cuando.

18

Mort consideraba que los seres humanos —incluso los que trataban de ser honestos consigo mismos— nunca sabían cuando terminaban las cosas. Creía que con frecuencia conservaban la esperanza o se rehusaban a perderla, aun cuando el mensaje estuviese escrito en el muro, y en letras tan grandes que se leían a cien metros de distancia sin una lupa. Cuando algo te interesaba realmente, y sentías que lo necesitabas, era fácil engañarse, era fácil confundir tu vida con la televisión y convencerte de que lo que se veía tan mal, saldría bien al final... probablemente después del siguiente comercial. Suponía que, sin esa gran capacidad para el autoengaño, la raza humana estaría más demente de lo que ya estaba.

Pero algunas veces la verdad se te venía encima, y los resultados podían ser devastadores si en plena conciencia habías tratado de concebir o soñar un camino alrededor de la verdad; era semejante a encontrarse en el lugar donde rugía un maremoto y se precipitaba, no sobre, sino a través de un dique que se había colocado en su camino, y a su paso destrozaba el dique y a ti.

Mort Rainey experimentó una de estas percepciones catastróficas una vez que se marcharon los representantes de los departamentos de policía y de bomberos, y quedaron solos él, Amy y Ted Milner caminando lentamente alrededor de las ruinas humeantes de la casa verde victoriana que se había erguido en el 92 de la calle Kansas durante ciento treinta y seis años. En el transcurso de esa dolorosa gira de inspección comprendió que había terminado su matrimonio con quien antes había sido Amy Dowd de Portland, Maine. No era un "periodo de tensión matrimonial". No era una "separación de prueba". No iba a ser uno de esos casos que se comentan de vez en cuando, en los cuales se arrepienten ambas partes y se vuelven a casar. Había terminado. Su vida juntos pertenecía a la historia. Incluso la casa donde habían compartido tantas horas agradables, no era más que vigas que aún ardían perversamente derrumbadas en el agujero del sótano como los dientes de un gigante.

Su encuentro en Marchman's, la pequeña cafetería de la calle Witcham, había sido bastante amable. Amy lo había abrazado y él también la abrazó, pero cuando trató de besarla en la boca, Amy dio vuelta a la cabeza con habilidad y sus labios se posaron en su mejilla. Besito-besito, como dicen en las fiestas de oficina. Me da gusto verte, cariño.

Ted Milner, con el cabello arreglado con secadora de aire perfectamente en su lugar esta mañana, sin un tirabuzón estilo Alfalfa a la vista, los observaba sentado en la mesa del rincón. Sostenía la pipa que Mort había visto apretada entre sus dientes en diversas reuniones durante los últimos tres años o más. Mort estaba convencido de que la pipa era una pose, un pequeño apoyo para verse de más edad de la que tenía. ¿Y cuántos años tendría? Mort no estaba seguro, pero Amy tenía treinta y seis, y pensó que Ted, en sus impecables pantalones de mezclilla deslavada y camisa de cuello abierto de J. Press, debía ser por lo menos cuatro años más joven, posiblemente más. Se preguntaba si Amy sabía que dentro de diez años —tal vez cinco, incluso— tendría problemas, y después reflexionó que para sugerírselo, se necesitaba un hombre mejor que él.

Mort preguntó si había algo nuevo. Amy dijo que no. En eso, Ted tomó la palabra, con un débil acento sureño que era mucho más suave que el zumbido nasal de John Shooter. Le dijo a Mort que el jefe de los bomberos y un teniente de la policía de Derry se reunirían con ellos en lo que Ted llamó "el sitio". Querían hacerle unas cuantas preguntas a Mort. Mort dijo que estaba bien. Ted le preguntó si quería una taza de café —tenían tiempo—. Mort contestó que eso también estaría bien.

Ted le preguntó cómo había estado. Mort usó de nuevo la palabra bien. Cada vez que salía de su boca se oía un poco menos convincente. Amy observaba el intercambio entre ellos con cierta aprensión, una actitud muy justificada a los ojos de Mort. El día que los había encontrado juntos en la cama, le había dicho a Ted que lo mataría. De hecho, tal vez dijo algo acerca de matarlos a los dos. Su recuerdo del acontecimiento era muy nebuloso. Sospechaba que el de ellos también debía ser bastante nebuloso. Ignoraba lo que sentían las otras dos esquinas del triángulo, pero él consideraba esa nebulosidad no sólo comprensible, sino piadosa.

Tomaron café. Amy le preguntó acerca de "John Shooter". Mort dijo que pensaba que ya tenía controlada la situación. No mencionó gatos o notas o revistas. Y después de un rato, salieron de Marchman's y se dirigieron al 92 de la calle Kansas, que antes había sido una casa en vez de un sitio.

Tal como lo habían prometido, ahí estaban el jefe de los bomberos y el detective de la policía, y se formularon preguntas, tal como se había prometido también. La mayoría de las preguntas fueron acerca de alguna persona que pudiese sentir el suficiente desagrado por él como para lanzar un coctel Texaco a su estudio. Si Mort hubiese estado solo, habría dejado fuera el nombre de Shooter por completo, pero, desde luego, si él no lo hacía, Amy lo sacaría a relucir, así que les relató el encuentro inicial con toda exactitud.

El jefe de los bomberos, Wickersham, preguntó:
—¿Estaba muy enojado el sujeto?
—Sí.
—¿Lo suficiente para venir hasta Derry e incendiar su casa? —añadió Bradley, el detective de la policía.

Mort estaba casi seguro de que Shooter no lo había hecho, pero no deseaba ahondar con más profundidad en lo relativo a sus tratos con Shooter. Para empezar, eso implicaría decirles lo que Shooter le había hecho a Bump. Eso inquietaría a Amy; la inquietaría en gran medida... y abriría una lata de gusanos que prefería que se quedara cerrada. Era la ocasión, supuso Mort, de ser falso de nuevo.

—Es posible que lo haya estado al principio. Pero después de que descubrí que los dos cuentos *eran* iguales en realidad, busqué la fecha original de publicación del mío.

—¿El de este sujeto nunca se publicó? —preguntó Bradley.

—No, estoy seguro de que no. Después, ayer, se presentó otra vez. Le pregunté cuándo había escrito el cuento, con la esperanza de que mencionara una fecha posterior a la mía. ¿Comprende?

El detective Bradley asintió con la cabeza.

—Esperaba demostrarle que usted se había adelantado.

—Correcto. "Temporada de siembra" estaba en un libro de historias cortas que publiqué en 1983, pero *originalmente* se publicó en 1980. Esperaba que el sujeto se sintiera a salvo si elegía una fecha un año o dos anterior a 1983. Tuve suerte. Dijo que lo había escrito en 1982. Como ven, lo tenía atrapado.

Confiaba en que ahí terminara el asunto, pero Wickersham, el jefe de bomberos, prosiguió:

—Usted lo ve y nosotros lo vemos, señor Rainey, ¿Pero *él* lo vio?

Mort suspiró en su interior. Conjeturó que había sabido que sólo podría mentir durante un tiempo —si las cosas seguían su curso, casi siempre avanzaban hasta un punto en el cual tenías que decir la verdad o maquinar una mentira rotunda. Y ahí estaba él, en ese punto. ¿Pero de quién era el problema? ¿De ellos o suyo? Suyo. Correcto. Y se proponía que siguiera en esa forma.

—Sí —les dijo—, lo vio.

—¿Qué hizo? —preguntó Ted. Mort lo miró con un leve enojo. Ted desvió la vista, dando la impresión de que deseaba tener consigo la pipa para juguetear con ella. La pipa estaba en el auto. La camisa de J. Press no tenía bolsillo para llevarla.

—Se fue —dijo Mort. Su irritación con Ted, quien no

tenía por qué meter *su* cuchara en esto, facilitaba la mentira. Asimismo, el hecho de que le estuviese mintiendo a Ted, la hacía más correcta—. Murmuró alguna mierda acerca de que todo era una increíble coincidencia, se subió a su auto como si tuviese llamas en el cabello y el fuego se le propagara al trasero, y se fue.

—¿Por casualidad observó la marca del auto y la matrícula, señor Rainey? —preguntó Bradley. Había sacado un block y un bolígrafo.

—Era un Ford —dijo Mort—. Lo siento, pero no puedo ayudarlo con la matrícula. No era de Maine, pero aparte de eso... —encogió los hombros y trató de adoptar el aire de quien pide disculpas. En su interior, cada vez se sentía más incómodo con el curso que estaba siguiendo el asunto. No le había visto ningún problema cuando sólo se trataba de ser astuto, rodeando las mentiras rotundas... le había parecido una forma de ahorrarle a Amy el dolor de enterarse de que el hombre le había roto el cuello a Bump, y después lo había perforado con un desarmador. Pero ahora estaba colocado en una posición donde había contado versiones diferentes a personas diferentes. Si se reunían y comparaban los relatos, no saldría muy bien librado. Podría ser espinosa la explicación de las razones para las mentiras. Suponía que no eran probables esas comparaciones, siempre y cuando Amy no hablara con Greg Carstairs o con Herb Creekmore. ¿Pero supongamos que ocurriese algún bullicio cuando Greg y él se reunieran con Shooter y le frotaran en la cara el ejemplar de junio de 1980 de la *Revista de Misterio de Ellery Queen*?

No importa, se dijo a sí mismo, *ya quemaremos ese puente cuando lleguemos a él, buen chico*. Y con este pensamiento experimentó un breve regreso del optimismo que había sentido cuando habló con Herb desde la plaza de peaje, y casi suelta una carcajada. La reprimió. Se preguntarían por qué se reía, y suponía que la pregunta estaría justificada.

—Creo que para ahora, Shooter ya va con destino a...

(*Mississippi*)

—... dondequiera que sea su lugar de origen —terminó, con apenas un quiebro en la voz.

—Me imagino que está en lo cierto —dijo el teniente Bradley—, pero preferiría investigar esto, señor Rainey. Es factible que haya convencido al sujeto de que estaba equivocado, pero eso no significa que se haya ido totalmente derrotado. Es posible que, impulsado por la frustración, haya conducido hasta aquí e incendiado la casa porque lo habían jodido... perdón, señora Rainey.

Amy ofreció una pequeña sonrisa torcida y rechazó la disculpa con un ademán.

—¿No cree que sea posible?

No, pensó Mort, *no lo creo. Si Shooter hubiera decidido incendiar la casa, habría matado a Bump antes de salir para Derry, por si me despertaba antes de que regresara. En ese caso, la sangre habría estado seca y Bump rígido cuando lo encontré. No sucedió en esa forma... pero no puedo decirlo. Ni aunque quisiera hacerlo. Para empezar, se preguntaría por qué me callé tanto tiempo lo relacionado con Bump. Probablemente pensarían que tengo flojos unos cuantos tornillos.*

—Supongo que sí —dijo—, pero yo hablé con el sujeto. No me pareció del tipo que incendia casas.

—Quieres decir que no era un Snopes —dijo Amy de pronto.

Mort la miró, sorprendido... y después sonrió.

—En efecto —dijo—. Un sureño, pero no un Snopes.

—¿Lo que significa qué? —preguntó Bradley, con cierta cautela.

—Una vieja broma, teniente —dijo Amy—. Los Snopes son personajes de algunas novelas de William Faulkner. Se iniciaron en los negocios quemando graneros.

—Oh —dijo Bradley, inexpresivo.

Wickersham intervino:

—Los incendiarios *no pertenecen* a un tipo definido, señor Rainey. Vienen en todas formas y tamaños. Créame.

—Bueno...

—Deme más datos sobre el auto, si puede —dijo Bradley. Suspendió un lápiz sobre el block—. Quiero que la policía estatal esté pendiente de este sujeto.

De repente, Mort decidió que iba a mentir un poco más. Bastante más, en realidad.

—Bien, era un sedán. Eso se lo puedo decir con certeza.

—Uh-huh. Ford sedán. ¿Año?

—De los setenta, creo —dijo Mort. Mort casi estaba seguro de que la furgoneta de Shooter se había fabricado en la época en que un individuo llamado Oswald había elegido a Lyndon Johnson como presidente de los Estados Unidos. Hizo una pausa, y después añadió—: La matrícula era de color claro. Pudo haber sido de Florida. No lo juraría, pero es posible.

—Uh-huh. ¿Y el hombre en sí?

—Estatura promedio. Cabello rubio. Lentes. Del tipo redondo, con armazón de alambre como los que usaba John Lennon. Realmente, es todo lo que...

—¿No dijiste que usaba sombrero? —preguntó Amy de súbito.

Mort sintió que le chascaban los dientes.

—Sí —dijo en tono amable—. Tienes razón, lo olvidé. Gris oscuro o negro. Excepto que más bien era una gorra. Con visera, ya sabe.

—Muy bien —Bradley cerró el block—. Es un inicio.

—¿No puede haber sido un simple acto de vandalismo, incendio intencional, sólo para divertirse? —preguntó Mort—. En las novelas todo tiene una conexión, pero en la vida real he observado que, algunas veces, las cosas suceden por casualidad.

—Es factible —aceptó Wickersham—, pero en nada perjudica que verifiquemos las conexiones obvias —le hizo un guiño solemne a Mort y dijo—. Algunas veces, la vida imita al arte, ya sabe.

—¿Necesitan algo más? —les preguntó Ted, y puso un brazo alrededor de los hombros de Amy.

Wickersham y Bradley intercambiaron una mirada y luego Bradley negó con la cabeza.

—No lo creo, al menos por ahora.

—Lo pregunto porque Amy y Mort tienen que dedicarle algún tiempo al agente de seguros —dijo Ted—. Y también a un investigador de la compañía matriz, probablemente.

Mort encontraba cada vez más irritable el acento sureño del hombre. Tenía la impresión de que Ted provenía de una parte del sur, varios estados al norte de la tierra de Faulkner, pero aun así era una coincidencia que le hacía la menor gracia.

Los funcionarios estrecharon las manos de Amy y Mort, expresaron su simpatía, les dijeron que se pusieran en contacto si a alguno de los dos se le occurría algo y después se marcharon y dejaron que los tres diesen otra vuelta alrededor de la casa.

—Lamento todo esto, Amy —dijo Mort de pronto. Amy caminaba entre los dos hombres, y lo miró, sorprendida en apariencia por algún matiz que escuchó en su voz. Simple sinceridad, tal vez—. Todo esto. En verdad, lo lamento.

—También yo —le respondió con suavidad, y tocó su mano.

—Bueno, con Teddy ya son tres —dijo Ted con franqueza solemne. Amy se volvió hacia él y, en ese momento, Mort pudo haber estrangulado alegremente al hombre hasta que los ojos sobresalieran colgando de los extremos de las fibras ópticas.

Ahora caminaban por el lado oeste de la casa hacia la calle. Aquí había estado el profundo rincón donde su estudio se unía con la casa y, no lejos, el jardín de flores de Amy. Todas las flores estaban muertas, y Mort reflexionó que tal vez era lo mejor. El fuego había despedido el suficiente calor para achicharrar el pasto que se había conservado verde en la orilla de tres metros y medio alrededor de todas las ruinas. Si las flores hubiesen estado en botón, también las habría tostado, y eso habría sido demasiado triste. Hubiese sido...

Mort se detuvo de repente. Estaba recordando los cuentos. *El cuento*. Lo podías llamar "Temporada de siembra" o podías llamarlo "Ventana secreta, jardín secreto", pero una vez que les quitabas las fruslerías y te asomabas debajo, eran la misma cosa. Mort miró hacia arriba. No había nada que ver, excepto el cielo azul, al menos ahora, pero antes del incendio había estado una ventana justo en el lugar al que miraba. Era la ventana de la pequeña habitación contigua al cuarto de lavado. Esa pequeña habitación era la oficina de Amy. Era donde expedía cheques, escribía en su diario, hacía las llamadas telefónicas que se requerían... la habitación donde, Mort sospechaba, varios años antes Amy había empezado una novela. Y cuando ésta falleció, fue en esa habitación donde Amy la enterró decente y discretamente en un cajón del escritorio. El escritorio había estado junto a la ventana. A Amy le gustaba ir ahí en las mañanas. Comenzaba el lavado de la ropa en el cuarto contiguo y después se ocupaba del papeleo, mientras esperaba el timbre que proclamaba que era hora de vaciar la lavadora y alimentar la secadora. La habitación estaba alejada de la casa principal y a ella le agradaba el silencio, decía. El silencio y la clara y sana luz de la mañana. De vez en cuando, le agradaba mirar por la ventana las flores que crecían en la profunda esquina formada por la casa y el estudio en L. Y la escuchaba diciendo: *Es la mejor habitación de la casa, al menos para mí, porque casi nadie entra en ella, excepto yo. Tiene una ventana secreta, y ve hacia un jardín secreto.*

—¿Mort? —le decía Amy ahora, y por un momento Mort no se dio cuenta, confundiendo la voz real con la voz en su mente, la cual era la voz del recuerdo. ¿Pero era un recuerdo real o uno falso? Esa era la cuestión real, ¿no era así? *Parecía* un recuerdo verdadero, pero había estado sometido a una tensión tremenda, incluso antes de Shooter y Bump, y el incendio. ¿No era posible al menos que estuviese sufriendo una... bien, una alucinación evocativa? ¿Trataba de que su propio pasado con Amy se ajustara de algún modo con ese maldito cuento donde un hombre se volvía loco y mataba a su esposa?

Jesús, espero que no. Espero que no, porque si eso es

lo que hago, estoy demasiado cerca del territorio de un colapso nervioso.

—¿Mort, estás bien? —preguntó Amy. Tiró inquieta de su manga, rompiendo al menos temporalmente el trance.

—Sí —dijo Mort, y después, de modo abrupto—: No. Para decirte la verdad, me siento un poco mal.

—El desayuno, tal vez —dijo Ted.

La mirada que le lanzó Amy hizo que Mort se sintiera un poco mejor. No fue una mirada muy amistosa.

—*No es* el desayuno —dijo en tono indignado. Extendió el brazo hacia las ruinas ennegrecidas—. Es *esto*. Vámonos de aquí.

—Las personas del seguro vendrán al mediodía —dijo Ted.

—Bien, falta más de una hora. Vamos a tu casa, Ted. Yo tampoco me siento bien. Me gustaría sentarme un rato.

—De acuerdo —Ted habló en un tono ligeramente irritado de no-hay-necesidad-de-gritar que también dio ánimos al corazón de Mort. Y aun cuando esa misma mañana, a la hora del desayuno hubiese dicho que la casa de Ted Milner era el último lugar en la tierra a donde quería ir, los acompañó sin más protestas.

19

Los tres guardaron silencio durante el recorrido a través de la ciudad hasta la casa de dos niveles donde vivía Ted. Mort ignoraba en lo que pensaban Amy y Ted, aunque la casa en cuanto a Amy y si llegarían a tiempo o no para encontrarse con los sujetos de la compañía de seguros en cuanto a Ted, eran probablemente un par de buenas conjeturas, pero sí sabía en lo que *él* estaba pensando. Trataba de determinar si se estaba volviendo loco o no. ¿Es en vivo o es Memorex?

Al fin decidió que Amy en realidad *había dicho* eso acerca de su oficina junto al cuarto de lavado —no era un recuerdo falso. ¿Lo había dicho antes de 1982, cuando "John Shooter" afirmaba que había escrito un cuento llamado "Ventana secreta, jardín secreto"? No lo sabía. No importaba con cuánta intensidad se estrujara el cerebro confuso y dolorido, lo que seguía regresando era un solo mensaje lacónico: respuesta indefinida. Pero si ella lo *había dicho,* dejando a un lado la fecha, ¿el título del cuento de Shooter no podría ser una mera coincidencia? Tal vez, pero se estaban acumulando las coincidencias. Había decidido que el incendio fue, debía ser, una coincidencia. Pero el recuerdo que se había abierto paso sobre el jardín de Amy con su cosecha de flores muertas... bueno, cada vez era más difícil creer que todo esto no estaba ligado en alguna forma extraña, incluso sobrenatural, posiblemente.

Y en su propio modo, ¿no había mostrado el mismo "Shooter" una confusión similar? *¿Cómo lo obtuvo?,* había preguntado; la voz violenta con enojo y perplejidad. *Eso es realmente lo que quiero saber. ¿Cómo demonios un estúpido escritorzuelo con buen dinero como usted llegó a un pueblo mugroso en Mississippi y se robó mi maldito cuento?* En esa ocasión, Mort había pensado que era otra señal de demencia del sujeto o que el hombre era un actor consumado. Ahora, en el auto de Ted, se le ocurrió por primera vez que así era como él hubiese reaccionado exactamente si las circunstancias fueran opuestas.

Y, en alguna forma, lo habían sido. El título era el único punto en que diferían por completo los dos cuentos. Los dos títulos eran apropiados, pero ahora Mort descubrió que quería hacerle una pregunta a Shooter, la cual era muy semejante a la que le había formulado Shooter: *¿Cómo obtuvo ese título, señor Shooter? Eso es lo que quiero saber realmente. ¿Cómo es que supo que casi a dos mil kilómetros de distancia de su mugroso pueblo en Mississippi, la esposa de un* *escritor de quien afirma que nunca oyó hablar hasta este año, tenía su propia ventana secreta que daba a su propio jardín secreto?*

Bien, sólo había una forma de averiguarlo, por supuesto. Cuando Greg localizara a Shooter, Mort tendría que preguntárselo.

20

Mort declinó la taza de café que le ofreció Ted, y le preguntó si tenía Coca Cola o Pepsi. Ted tuvo, y después de que la bebió Mort, su estómago se calmó un poco. Había esperado que su presencia aquí, aquí donde retozaban Ted y Amy, ahora que ya no tenían que molestarse con hoteles baratos de pueblo, le provocara enojo e inquietud. Pero no fue así. No era más que una casa, una en la que cada habitación parecía proclamar que el propietario era Joven, Soltero, Mundano y Exitoso. Mort descubrió que podía manejar la situación con bastante facilidad, aunque se sentía un poco nervioso por Amy. Pensó en su pequeña oficina con la luz clara y sana y el zumbido soporífero de la secadora que provenía del otro lado de la pared, la pequeña oficina con la ventana secreta, la única en toda la casa que daba al estrecho ángulo de espacio que formaba la casa y la L del estudio, y reflexionó cuánto más adecuado había sido aquel escenario para Amy que éste en el que se encontraba ahora. Pero ése era un aspecto de su vida que ella tendría que solucionar por sí misma y, después de unos cuantos minutos en esta casa, la cual no era una espantosa guarida de iniquidad, sino sólo una casa, aceptó que podría vivir con esta situación... que incluso podría sentirse satisfecho.

Amy le preguntó si se quedaría en Derry a pasar la noche.

—Uh-uh. Me iré tan pronto como terminemos con

los ajustadores del seguro. Si surgiera algo más, pueden ponerse en contacto conmigo... o tú podrías hacerlo.

Le sonrió a Amy. Ella le devolvió la sonrisa y tocó su mano brevemente. A Ted no le gustó eso. Frunció el ceño ante la ventana y buscó la pipa.

21

Llegaron a tiempo para la reunión con los representantes de la compañía de seguros, lo cual, sin duda, alivió la preocupación de Ted Milner. A Mort no le entusiasmaba en particular la presencia de Ted; viéndolo bien, nunca había sido la casa de Ted, ni siquiera después del divorcio. Sin embargo, parecía que Amy se sentía más tranquila con su cercanía, y Mort lo dejó pasar.

Don Strick, el agente de la Consolidated Assurance Company, con quien habían celebrado todos los trámites, había programado la reunión en su oficina, lugar al que se dirigieron después de otra breve gira por "el sitio". En la oficina conocieron a un hombre llamado Fred Evans, investigador de campo de la Consolidated, especializado en incendios intencionales. La razón por la cual Evans no había estado con Wickersham y Bradley esa mañana, o en "el sitio", cuando Strick se reunió con ellos ahí al mediodía, se aclaró de inmediato; había pasado la mayor parte de la noche anterior hurgando entre las ruinas con una linterna de diez pilas y una cámara Polaroid. Antes de la reunión con los Rainey, dijo, había regresado a la habitación del motel para dormir un poco.

A Mort le agradó mucho Evans. Mostraba un genuino interés por la pérdida que habían sufrido Amy y él, mientras que todos los demás, el señor Con Teddy Son Tres incluido, daban la impresión de limitarse a expresar las palabras tradicionales de simpatía como paso previo a lo que consideraban el asunto siguiente (y en el caso de Ted Milner, pensó Mort, el asunto siguiente se concretaba a sacarlo a él de Derry y regresarlo al lago Tashmore lo antes posible). Fred Evans no se refería al 92 de la calle Kansas como "el sitio". Él hablaba de "la casa".

Sus preguntas, si bien en esencia eran las mismas que plantearon Wickersham y Bradley, fueron más amables, más detalladas y más profundas. A pesar de que sólo había dormido cuatro horas cuando mucho, sus ojos brillaban y su lenguaje era ágil y claro. Después de hablar con él durante veinte minutos, Mort decidió que si alguna vez se proponía incendiar una casa para cobrar el seguro, trataría con otra compañía que no fuera la Consolidated Assurance. O esperaría a que se retirara este hombre.

Cuando terminó su interrogatorio, Evans les sonrió.

—Han sido muy serviciales y quiero agradecerles de nuevo, tanto por sus respuestas minuciosas como por su amable actitud conmigo. En muchos casos, las personas se inquietan en el segundo en que oyen las palabras "investigador de seguros". Ya están alteradas, lo cual es comprensible, y a menudo consideran que la presencia de un investigador en la escena es una acusación de que ellas incendiaron su propiedad.

—Dadas las circunstancias —dijo Amy—, no creo que hubiésemos deseado un tratamiento mejor —y Ted Milner asintió con la cabeza con tanta violencia que ésta podría estar sujeta a una cuerda... una controlada por un titiritero con los nervios en pésimas condiciones.

—La siguiente parte es más difícil —dijo Evans. Hizo una señal a Strick, quien abrió el cajón del escritorio y sacó una tablilla que sujetaba una hoja con impresión de computadora—. Cuando un investigador determina que un incendio fue tan serio como lo fue éste claramente, tenemos que mostrar a los clientes una lista de la propiedad asegurada reclamable. La revisan, después firman una declaración en la que juran que todavía les pertenecen los objetos detallados en la lista, y que todavía estaban en la casa en el momento del siniestro. Les agradeceré que pongan una señal junto a cada objeto u objetos que hayan vendido desde la última revisión para el seguro con el señor Strick, y cualquier propiedad asegurada que no estaba en la casa cuando ocurrió el incendio —Evans se llevó un puño a los labios y se aclaró la garganta antes de proseguir—. Se me informa que hace poco hubo una separación de residencia, por lo que ese último elemento puede ser de particular importancia.

—Estamos divorciados —dijo Mort contundente—. Estoy viviendo en nuestra casa del lago Tashmore. Sólo la usábamos en los veranos, pero tiene una caldera y es habitable durante los meses fríos. Desafortunadamente, aún no había sacado el grueso de mis cosas de la casa de aquí. Lo estuve posponiendo.

Don Strick asintió con expresión de simpatía. Ted cruzaba las piernas, jugaba con la pipa y, en general, daba la impresión de un hombre que trata de que no se note lo terriblemente aburrido que está.

—Revisen la lista con cuidado —dijo Evans. Tomó la tablilla de manos de Strick y se la entregó a Amy por encima del escritorio—. Esto puede ser un poco desagradable... es como la busca del tesoro al revés.

Ted había dejado la pipa y estiraba el cuello hacia la lista, el aburrimiento había desaparecido, al menos por ahora; los ojos eran tan ávidos como los de un espectador que atisbara las consecuencias de un accidente serio. Amy notó que miraba y, en un gesto de atención, ladeó la tablilla hacia él. Mort, quien estaba sentado al otro lado de ella, la movió en sentido contrario.

—¿No le molesta? —le preguntó a Ted. Estaba enojado, realmente enojado, y todos escucharon el enojo en su voz.

—Mort... —dijo Amy.

—No voy a hacer una montaña de esto —le dijo Mort—, pero éstas eran *nuestras* posesiones, Amy. *Nuestras*.

—No creo... —empezó Ted indignado.

—No, el señor Rainey tiene toda la razón, señor Milner —dijo Fred Evans con una suavidad que Mort sintió que podría ser engañosa—. La ley dice que no tiene derecho a ver los artículos inventariados. En ocasiones, nos hacemos de la vista gorda si nadie se opone... pero creo que el señor Rainey sí tiene objeciones.

—Está usted perfectamente en lo cierto en cuanto a que el señor Rainey tiene objeciones —dijo Mort. Tenía las manos apretadas sobre las piernas; podía sentir que las uñas perforaban siluetas de sonrisa en la suave carne de las palmas.

Amy pasó su mirada de súplica infeliz de Mort a Ted. Mort esperaba que Ted bufara y resoplara, y tratara de derribar alguna casa a soplidos, pero no fue así. Mort supuso que era una medida de su propio sentimiento de hostilidad hacia el hombre lo que le provocaba esas suposiciones; no conocía muy bien a Ted (aunque sí *sabía* que se veía como Alfalfa cuando se le despertaba de repente en un motel oscuro), pero sí conocía a Amy. Si Ted fuese agresivo, ya lo habría abandonado.

Con una pequeña sonrisa, dirigiéndose a Amy e ignorando a Mort y los otros por completo, Ted dijo:

—¿Sería conveniente que diese un paseo alrededor de la manzana?

Mort trató de contenerse y no lo logró del todo.

—¿Por qué no dos? —preguntó a Ted con amabilidad fingida.

Amy le lanzó una estrecha mirada oscura, y luego miró de nuevo a Ted.

—¿Harías el favor? Facilitaría un poco la...

—Claro —dijo. La besó en el pómulo, y Mort tuvo otra dolorosa revelación: el hombre se interesaba por ella. Era posible que ese interés no fuese muy *perdurable*, pero de momento, ahí estaba. Mort comprendió que casi había llegado a pensar que Amy no era más que un juguete que había cautivado a Ted por un breve lapso, un juguete del cual se cansaría pronto. Pero eso no armonizaba con lo que conocía de Amy. Ella tenía un mejor instinto acerca de las personas para permitirlo... y más respeto por sí misma.

Ted se puso de pie y salió. Amy miró a Mort con aire de reproche.

—¿Estás satisfecho?

—Supongo que sí —dijo—. Mira, Amy... es probable que no haya manejado este asunto con la mayor diplomacia, pero mis motivos son bastante honorables. Fue mucho lo que compartimos a través de los años. Creo que esto es lo último, y creo que solamente nos pertenece a los dos. ¿De acuerdo?

Strick se veía incómodo; Fred Evans, por lo contrario, miraba de Mort a Amy y luego a Mort otra vez con el brillante interés de un hombre que presencia un partido de tenis de excelente calidad.

—De acuerdo —dijo Amy en voz baja. Mort le tocó levemente la mano, y ella respondió con una sonrisa. Fue una sonrisa forzada, pero reconocía que era mejor que nada.

Mort acercó más su silla a la de Amy, y ambos se inclinaron sobre la lista, las cabezas juntas, como niños que estudian para un examen. Casi en seguida, Mort comprendió la razón de la advertencia de Evans. Pensaba que había evaluado el monto de la pérdida. Estaba equivocado.

Mientras estudiaba las columnas con el frío tipo de letra de la computadora, Mort pensó que no le habría afligido tanto que alguien hubiese esparcido a lo largo de la acera el contenido completo de la casa en el 92 de la calle Kansas para que todo el mundo lo viera. Era increíble todas las cosas que había olvidado, todas las cosas que habían desaparecido.

Siete aparatos domésticos mayores. Cuatro televisores, uno con editora de videocintas acoplada. La porcelana Spode, y el mobiliario Early American auténtico que Amy había ido comprando una pieza a la vez. El armario antiguo que tenían en su dormitorio estaba valuado en 14 000 dólares. No habían sido coleccionistas de arte en serio, pero sí lo sabían valorar, y habían perdido doce piezas de arte original. Su valor se establecía en 22 000 dólares, pero a Mort no le importaba el valor monetario; pensaba en el dibujo de

N. C. Wyeth de dos chicos que lanzaban un pequeño bote al mar. En la escena, estaba lloviendo; los chicos llevaban impermeables y chanclos de goma, y lucían grandes sonrisas. Mort consideraba que ese cuadro era encantador, y ahora había desaparecido. La cristalería Waterford. El equipo deportivo almacenado en el garaje —esquís, bicicletas de diez velocidades y la canoa Old Town. Los tres abrigos de pieles de Amy estaban inventariados. La vio poner las diminutas señales junto al castor y al visón —todavía guardados hasta el invierno, aparentemente— pero pasó la chaqueta corta de zorro sin marcarla. Cuando occurrió el incendio, había estado colgada en el armario, una prenda elegante y abrigadora para el ontoño. Recordaba que le había regalado esa chaqueta por su cumpleaños hacía seis o siete años. Desaparecida ahora. Su telescopio Celestron. Desaparecido. El gran edredón de retazos que la madre de Amy les había regalado cuando se casaron. La madre de Amy ya había muerto, y el edredón ahora no era más que cenizas en el viento.

Lo peor, al menos para Mort, estaba a la mitad de la segunda columna y, de nuevo, el valor monetario no era lo que le dolía. 124 BOTS. VINO, decía la partida. VALOR 4 900 dólares. A ambos les gustaba el vino. No eran apasionados, pero habían construido juntos la pequeña cava en el sótano; la habían abastecido juntos, y juntos habían bebido la botella ocasional.

—Incluso el vino —dijo a Evans—. Incluso eso.

Evans lo miró de un modo extraño que Mort no pudo interpretar, y después asintió con un movimiento de cabeza.

—La cava en sí no se quemó, porque tenían muy poco combustible en el tanque del sótano, y no hubo explosión. Pero el calor fue muy intenso en el interior, y estalló la mayoría de las botellas. Las pocas que se salvaron... Bueno, no conozco mucho sobre vino, pero dudo que se puedan beber. Es posible que esté equivocado.

—No lo está —dijo Amy. Una sola lágrima rodaba por su mejilla y la enjugó distraída.

Evans le ofreció su pañuelo. Amy movió la cabeza y se inclinó de nuevo sobre la lista con Mort.

Diez minutos más tarde, habían terminado. Firmaron en los espacios indicados y Strick testificó sus firmas. Ted Milner apareció sólo instantes después, como si hubiese estado observando todo el proceso desde alguna mirilla privada.

—¿Hay algo más? —le preguntó Mort a Evans.

—No por ahora. Pero puede surgir alguna otra cosa. ¿Es privado su número en Tashmore, señor Rainey?

—Sí —lo anotó para Evans—. Lláveme por favor si le puedo ser útil.

—Lo haré —se puso de pie, la mano extendida—. Este requisito siempre resulta muy desagradable. Lamento que los dos hayan tenido que soportarlo.

Se estrecharon manos hacia todos lados y dejaron a Strick y Evans para que formularan los informes. Era más de la una, y Ted le preguntó a Mort si le gustaría comer algo con Amy y él. Mort negó con la cabeza.

—Quiero volver al lago. Trabajaré un poco, y veré si puedo olvidarme de todo esto por un rato —y se sentía como si tal vez pudiera escribir realmente. Esto no era sorprendente. En las épocas difíciles... hasta el divorcio, de cualquier modo, el cual parecía ser una excepción de la regla... siempre había podido escribir con más facilidad. Le resultaba necesario, incluso. Era muy agradable contar con esos mundos de fantasía para refugiarte cuando te hería el mundo real.

Casi esperaba que Amy le pidiese que cambiara de idea, pero no lo hizo.

—Conduce con cuidado —dijo, y le plantó un casto beso en la comisura de la boca—. Gracias por venir, y por ser tan... razonable acerca de todo.

—¿Hay algo que pueda hacer por ti, Amy?

Amy negó con la cabeza, sonriendo un poco, y tomó la mano de Ted. Si había estado en busca de un mensaje, éste era demasiado evidente para pasarlo por alto.

Caminaron despacio hacia el Buick de Mort.

—¿Estás cómodo allá? —preguntó Ted—. ¿No necesitas nada?

Por tercera vez, le llamó la atención el acento sureño del hombre —una coincidencia más.

—Creo que no —dijo, mientras sacaba las llaves del bolsillo y abría la portezuela del Buick—. ¿De dónde provienes originalmente, Ted? Tú o Amy me lo deben haber dicho, pero que me condene si me acuerdo. ¿Era Mississippi?

Ted rió con cordialidad.

—Muy lejos de ahí, Mort. Crecí en Tennessee. Un pequeño pueblo llamado Shooter's Knob, Tennessee.

22

Mort conducía de regreso al lago Tashmore con las manos apretadas al volante, la espina tan recta como una regla y los ojos fijos en la carretera. Puso la radio en un volumen alto y, cada vez que sentía señales indicadoras de actividad mental detrás del centro de la frente, se concentraba con ferocidad en la música. Antes de que llevara recorridos sesenta kilómetros, sintió una presión en la vejiga. Le dio la bienvenida a este acontecimiento y ni siquiera consideró detenerse en algún sanitario al borde de la carretera. La necesidad de orinar era otra distracción excelente.

Llegó a la casa alrededor de las cuatro treinta y estacionó el Buick en el lugar acostumbrado a un costado de la casa. Cuando Mort apagó el motor, Eric Clapton estaba ahogado en un veloz solo de guitarra y el silencio se derrumbó como una carga de piedras revestidas con espuma de caucho. No había un solo bote en el lago ni un solo insecto en el césped.

Mear y pensar tienen mucho en común, pensó, cuando salió del auto y se desabrochó la braqueta. *Los puedes posponer... pero no para siempre.*

Mort Rainey permaneció de pie orinando y pensó en ventanas secretas y jardines secretos; pensó en aquellas que podrían poseer los últimos, y en aquellos que se podrían mirar a través de las primeras. Pensó en el hecho de que la revista que necesitaba para probarle a un determinado sujeto que era un lunático o un timador, daba la casualidad de que se había quemado la misma noche en que intentaba ponerle la mano encima. Pensó en el hecho de que el amante de su ex esposa, un hombre a quien detestaba cordialmente, provenía de un pueblo llamado Shooter's Knob, y que daba la casualidad de que Shooter era el seudónimo del antes mencionado lunático o timador que había aparecido en su vida en la época exacta en que el antes mencionado Mort Rainey estaba empezando a concebir su divorcio como un simple hecho de su vida futura, y no como un mero concepto académico. Incluso pensó en el hecho de que "John Shooter" afirmaba que había descubierto el acto de plagio más o menos en la misma fecha en que Mort Rainey se había separado de su esposa.

Pregunta: ¿Todas estas cosas eran coincidencias?

Respuesta: Era posible, técnicamente.

Pregunta: ¿*Creía* él que todas estas cosas eran coincidencias?

Respuesta: No.

Pregunta: ¿Consideraba, entonces, que se estaba volviendo loco?

—La respuesta es no —dijo Mort—. No lo considero. Al menos, todavía no —cerró la bragueta y dio vuelta hacia la puerta.

23

Encontró la llave de la casa, empezó a insertarla en la cerradura y luego la sacó de nuevo. Dirigió la mano hacia la perilla y, mientras los dedos se cerraban sobre ella, sintió una clara certeza de que giraría fácilmente. Shooter había estado aquí... había estado, o estaba todavía. Y no habría tenido necesidad de descerrajar la puerta. No. No *este* primo. Mort guardaba una llave extra de la casa del lago Tashmore en una vieja jabonera en uno de los estantes superiores en el cobertizo de herramientas, lugar al que había entrado Shooter en busca de un desarmador a toda prisa cuando llegó la hora de que clavara al pobre Bump en el gabinete de la basura. Ahora estaba dentro de la casa, revisándola... o tal vez escondido. Estaba...

La perilla rehusó moverse: los dedos de Mort sencillamente se resbalaron a su alrededor. La puerta estaba cerrada con llave.

—Está bien —dijo Mort—. Está bien, no tiene importancia —incluso rió un poco mientras introducía la llave y le daba vuelta. El detalle de que la puerta estuviese cerrada con llave no significaba que Shooter no estuviera en la casa. De hecho, si lo pensabas con detenimiento, por eso mismo era más probable que Shooter *estuviese* dentro. No era difícil que hubiese usado la llave extra y, después de devolverla a su lugar, hubiera cerrado con llave desde dentro para calmar las sospechas de su enemigo. Después de todo, para cerrarla sólo se requería que oprimieras el botón inserto en la perilla. *Está tratando de desquiciarme,* pensó Mort mientras entraba.

La casa estaba llena de la polvosa luz del sol de las últimas horas de la tarde y de silencio. Pero no se sentía como un silencio *vacío.*

—Está tratando de desquiciarme, ¿verdad? —dijo en voz alta. Esperaba oírse a sí mismo como un demente: un hombre solitario, paranoico, que habla con un intruso que sólo existe, después de todo, en su imaginación. Pero *no* se oyó como un demente. En cambio, se oyó como un hombre que ha descubierto por lo menos *la mitad* del truco. Tal vez no tuviera mucho mérito descubrir la mitad del fraude, pero la mitad era mejor que nada.

Entró a la sala con el techo de catedral, la pared ventana que miraba hacia el lago y, desde luego, el sofá de Mort Rainey. Famoso en todo el Mundo, también conocido como el Sofá del Escritor Comatoso. Una raquítica sonrisa le estiró las mejillas. Sentía los testículos altos y tensos contra la bifurcación de la entrepierna.

—La mitad de un fraude es mejor que nada, ¿no es verdad, señor Shooter? —gritó.

Las palabras murieron en el silencio polvoso. En ese polvo pudo oler un viejo olor a tabaco. Sus ojos tropezaron por casualidad con la estrujada cajetilla de cigarrillos que había desenterrado del cajón del escritorio. Se le ocurrió que la casa tenía un olor —casi un hedor— que era horriblemente negativo: un olor sin rastro femenino. Luego pensó: *No. Eso es un error. No es eso. Lo que hueles es a Shooter. Hueles al hombre y hueles sus cigarrillos.* Los de él, *no los tuyos.*

Se dio vuelta con lentitud, la cabeza inclinada hacia atrás. Un dormitorio del segundo piso miraba hacia la sala a la mitad de la pared color crema; el claro estaba cubierto con tablillas de madera. Se suponía que las tablillas eran para evitar que se cayeran los incautos y se estrellaran en el piso de la sala, pero también se suponía que eran decorativas. En ese momento, no le parecieron particularmente decorativas a Mort; se veían como los barrotes de una celda. La visión de lo que Amy y él habían llamado el dormitorio para huéspedes, se reducía al techo y uno de los cuatro postes de la cama.

—¿Está allá arriba, señor Shooter? —gritó.

No hubo respuesta.

—¡*Sé* que trata de desquiciarme! —*ahora* se empezaba a sentir un poquitín ridículo—. ¡Pero no lo logrará!

Alrededor de seis años antes, en la gran chimenea de piedra rústica de la sala habían colocado una estufa Blackstone Jersey. Junto estaba una rejilla con utensilios para el fuego. Mort tomó el mango de una pala para cenizas, lo consideró por un momento, después lo soltó y sacó el atizador. Se encaró con la vista obstaculizada del dormitorio para huéspedes y sostuvo el atizador como un caballero que saluda a su reina. Después caminó lentamente hacia las escaleras y empezó a subirlas. Podía sentir que la tensión hormigueaba en sus músculos, pero comprendía que no temía a *Shooter;* lo que temía era no encontrar nada.

—¡Sé que está aquí, y sé que intenta desquiciarme! ¡Lo único que no sé, es de qué se trata todo esto, Alfie, y cuando lo encuentre, más vale que me lo diga!

Se detuvo en el descanso del segundo piso, el corazón bombeando ahora fuerte en el pecho. La puerta de la habitación para huéspedes estaba a su izquierda. La puerta del cuarto de baño para huéspedes a la derecha. Y de pronto, comprendió que Shooter estaba aquí, en efecto, pero no en el dormitorio. No; eso no era más que una estratagema. Eso era lo que Shooter *quería* que creyese.

Shooter estaba en el cuarto de baño.

Y, mientras permanecía en el descanso con el atizador apretado en la mano derecha y el sudor escurriendo desde el cabello hasta las mejillas, Mort *lo oyó.* Un ligero roce. Ahí estaba, sin duda. De pie en la bañera, según el sonido. Se había movido unos milímetros. Buuu, Johnny, te oigo. ¿Estás armado, cara de mierda?

Mort pensaba que era probable que lo estuviese, pero no creía que lo fuera con una pistola. Mort tenía la idea de que el seudónimo de este hombre* era lo más cerca que había llegado de las armas de fuego. Shooter le daba la impresión de ser la clase de individuo que se sentía más cómodo con instrumentos de naturaleza más contundente. Lo que le había hecho a Bump parecía respaldar esa percepción.

Apuesto a que es un martillo, pensó Mort, y se enjugó el sudor en la parte de atrás del cuello con la mano libre. Podía sentir que sus ojos percutían en las órbitas al compás de los latidos del corazón. *Apuesto a que es un martillo del cobertizo.*

No elaboró más esta idea antes de ver a Shooter; lo

---

*Shooter significa "tirador".

vio claramente, de pie en la bañera, con el sombrero negro de copa redondo y los desgastados zapatos de trabajo amarillos, los labios abiertos sobre la dentadura ordenada por correo en una sonrisa que en realidad era una mueca, el sudor derramándose por su rostro para deslizarse por las profundas arrugas talladas ahí, como agua que corre por una red de desagüe de metal galvanizado, con el martillo del cobertizo levantado a la altura del hombro como el mazo de un juez. De pie en la bañera, esperando a golpear con el martillo. El siguiente caso, alguacil.

Te conozco, compañero. Conozco tu táctica. La descubrí desde la primera vez que te vi. ¿Y sabes qué? Elegiste al escritor equivocado para joderlo. Creo que desde mediados de mayo he estado deseando matar a alguien, y tú me servirás tan bien como cualquier otro.

Volvió la cabeza hacia la puerta del dormitorio. Al mismo tiempo, extendió la mano izquierda (después de secársela en el frente de la camisa para que no se le resbalara en el momento crucial) y la colocó sobre la perilla del cuarto de baño.

—*¡Sé que está ahí!* —gritó a la puerta cerrada del dormitorio—. *¡Si está debajo de la cama, más vale que salga! ¡Voy a contar hasta cinco! ¡Si no ha salido cuando llegue a cinco, voy a entrar... y entraré mandando porrazos! ¿Me oyó?*

No obtuvo respuesta... pero, en realidad, no había esperado ninguna. O *deseado* alguna. Apretó la mano sobre la perilla de la puerta del cuarto de baño, pero gritaría los números hacia la puerta de la habitación para huéspedes. Ignoraba si Shooter oiría o percibiría la diferencia si volvía la cabeza en dirección al cuarto de baño, pero pensó que era posible. No cabía duda de que Shooter era listo. Endiabladamente listo.

En el instante previo a que empezara el conteo, oyó otro leve movimiento en el cuarto de baño. Aun estando tan cerca, podría habérsele escapado si no hubiese estado escuchando con toda la concentración de la que pudo hacer acopio.

—*¡Uno!*

¡Cristo, cómo sudaba! ¡Como un cerdo!
—¡Dos!
La perilla de la puerta del cuarto de baño era como una roca fría en su puño apretado.
—¡Tr...!
Giró la perilla de la puerta del cuarto de baño y entró de golpe, con lo que la puerta rebotó contra la pared con la suficiente fuerza para que perforara el papel tapiz y se rompiera la bisagra inferior de la puerta, y ahí estaba, *ahí estaba,* acercándose a Mort con el arma levantada, los dientes expuestos en una mueca de asesino y los ojos dementes, completamente dementes, y Mort descargó el atizador en un trallazo silbante y sólo tuvo tiempo para darse cuenta de que Shooter también esgrimía un atizador y percibir que Shooter no llevaba el sombrero negro con la copa redonda, y para darse cuenta de que no era Shooter, para darse cuenta de que era *él,* el demente era *él,* y en eso el atizador destrozó el espejo sobre el lavabo y los cristales, plateados en la parte de atrás, se esparcieron por todas partes, centelleando en la penumbra, y el gabinete de medicinas cayó sobre el lavabo. La puerta doblada se abrió como una boca jadeante, derramando frascos de jarabe para la tos y yodo y Listerine.

¡Maté un jodido espejo maldito! —vociferó, y estaba a punto de lanzar el atizador al piso cuando algo se movió en la bañera, detrás, de la puerta corrugada de la ducha. Se oyó un pequeño chillido atemorizado. Con una mueca en el rostro, Mort lanzó tajos con el atizador, produciendo una hendedura mellada a través de la puerta de plástico, con lo que saltó de los rieles. Levantó el atizador sobre el hombro, los ojos vidriosos y fijos, los labios estirados en una mueca que había imaginado en el rostro de Shooter.

Luego bajó el atizador lentamente. Descubrió que tenía que utilizar los dedos de la mano izquierda para separar los dedos de la derecha a fin de que cayera al piso el atizador.

—Diminuta, lustrosa y acobardada bestia —le dijo al ratón de campo que corría cegado alrededor de la bañera—. Cuánto pánico hay en tu pecho —su voz sonaba áspera y desafinada y extraña. No sonaba en lo absoluto como su propia voz. Era como escucharse a sí mismo en una grabación por primera vez.

Se dio vuelta y salió paso a paso del cuarto de baño por la puerta inclinada con la bisagra rota, los zapatos rechinando sobre los trozos de espejo roto.

De pronto sintió un deseo irresistible de bajar y acostarse en el sofá para dormir una siesta. De pronto, eso era lo que más deseaba en el mundo.

24

Fue el teléfono lo que lo despertó. El crepúsculo se había convertido en noche, y se abrió camino con apatía por un lado de la mesa con cubierta de cristal y tendencia a morder, con una sensación de que había retrocedido el tiempo. El brazo derecho le dolía como demonio. La espalda no estaba en mejor forma. ¿Con cuánta fuerza exactamente había descargado el atizador? ¿Hasta qué grado lo había impulsado el pánico? No quería pensar en eso.

Tomó el teléfono, sin molestarse en especulaciones sobre quién podría ser. La vida ha estado tan terriblemente ocupada en estos últimos días, cariño, que incluso podía ser el presidente.

—¿Hola?

—¿Cómo está, señor Rainey? —preguntó la voz, y Mort retrocedió, separando el auricular del oído por un momento como si fuera una serpiente que había tratado de morderle. Se lo volvió a colocar con lentitud.

—Estoy bien, señor Shooter —dijo con una voz seca, adusta—. ¿*Usted* cómo está?

—Estoy en una feria de pueblo —contestó Shooter, con ese espeso acento sureño de barril rajado que en cierta forma era tan notorio y conspicuo como un granero sin pintar erguido solitario en la mitad de un campo—. Pero no creo que *usted esté* tan bien. Robarle a otro hombre no parece molestarle en lo más mínimo. Pero, sin embargo, que se le atrape... le causa cierta desdicha en apariencia.

—¿De qué está hablando?

Shooter se oía ligeramente divertido.

—Escuché en las noticias de la radio que alguien incendió su casa. La *otra* casa. Y después, cuando regresó a ésta, se notó que empezó a subirse por las paredes, o algo así, en cuanto entró a la casa. Gritos... objetos destrozados... o tal vez los escritores exitosos como usted tienden a sumirse en una rabieta cuando las cosas no salen como lo esperan. ¿Será eso?

Dios mío, estaba aquí. Sí estaba.

Mort se encontró mirando por la ventana, como si Shooter *todavía* estuviese ahí afuera... oculto entre los arbustos, quizás. Y hablase con Mort por alguna clase de teléfono inalámbrico. Ridículo, por supuesto.

—La revista con mi cuento ya está en camino —dijo—. ¿Me dejará en paz cuando se la muestre?

Shooter aún se oía perezosamente divertido.

—No hay ninguna revista con ese cuento, señor Rainey. Usted y yo lo *sabemos*. No desde 1980, no la hay. ¿Cómo podría ser eso, si no fue hasta 1982 que mi cuento estuvo disponible para que usted se lo robara?

—*Maldita sea, yo no me robé su cuen...*

Cuando oí lo de su casa —prosiguió Shooter—, salí a comprar el *Evening Express*. Publicaron una foto de lo que quedó. No fue mucho. También había una foto de su esposa —hizo una pausa larga y reflexiva. Después, Shooter continuó—. Es bonita —con toda intención utilizó un tono pueblerino, sarcástico—. ¿Cómo un hijo de porquería tan feo como usted tuvo la suerte de encontrarse una esposa tan bonita, señor Rainey?

—Estamos divorciados. Ya se lo dije. Tal vez descubrió lo feo que soy. ¿Por qué no dejamos a Amy fuera de esto? Este asunto es entre usted y yo.

Por segunda vez en dos días, se dio cuenta de que había contestado el teléfono mientras sólo estaba medio despierto y casi indefenso. Como resultado, Shooter mantenía casi un control completo de la conversación. Llevaba a Mort de la nariz, con las riendas en la mano.

Cuelga, entonces.

Pero no podía, al menos, no todavía.

—Entre usted y yo, ¿verdad? —preguntó Shooter—. Supongo que no se lo ha mencionado a nadie más.

—¿Qué quiere? ¡Dígame! ¿Qué demonios quiere?

—Apuesto a que quiere saber la segunda razón por la que vine.

—¡Sí!

—Quiero que me escriba un cuento —dijo Shooter con toda calma—. Quiero que escriba un cuento y le ponga mi nombre y luego me lo dé. Me lo debe. Lo correcto es lo correcto y lo justo es lo justo.

Mort permaneció de pie en el vestíbulo con el teléfono apretado con un puño que le dolía y una vena que le pulsaba en la mitad de la frente. Durante unos momentos, su rabia era tan inmensa que se encontró enterrado vivo dentro de ella, y lo único que pudo pensar fue: *¡Así que es ESO! ¡Así que es ESO! ¡Así que es ESO!*, una y otra vez.

—¿Está ahí, señor Rainey? —preguntó Shooter con el tono calmado, lento y pesado.

—Lo único que escribiré para usted —señaló Mort, su propia voz lenta y espesa como jarabe a causa de la rabia—, será su sentencia de muerte, si no me deja en paz.

—Alardea mucho, peregrino —dijo Shooter con el tono paciente de un hombre que le explica un problema sencillo a un niño torpe—, porque sabe que no puedo lastimarlo. Si me hubiese robado mi perro o mi auto, podría llevarme *su* perro o su auto. Lo haría con la misma facilidad con que le rompí el cuello a su gato. Si tratase de detenerme, podría lastimarlo y llevármelo. Pero esto es diferente. La mercancía que quiero está dentro de su cabeza. Tiene la mercancía encerrada como si estuviese en una caja fuerte. Sólo que no puedo detonar la puerta o abrirle la parte de atrás con un soplete. Tengo que descubrir la combinación. ¿No es cierto?

—No sé de qué está hablando —dijo Mort—, pero el día que consiga una historia de mí, será el día que la Estatua de la Libertad use pañales. *Peregrino*.

Shooter añadió pensativo:

—Yo no la involucraría en esto si estuviera en mis manos, pero estoy empezando a creer que usted no me dejará otra opción.

De repente, desapareció toda la saliva de la boca de Mort, quedando seca y vidriosa y caliente.

—¿Qué...? ¿Qué es lo...?

—¿Quiere despertarse de una de sus estúpidas siestas y encontrarse a *Amy* clavada al bote de la basura? —preguntó Shooter—. ¿O encender la radio una mañana y enterarse de que su ex perdió en un enfrentamiento con la sierra que guarda en el garaje? ¿O que también se quemó el garaje?

—Tenga cuidado con lo que dice —susurró Mort. Los ojos desmesuradamente abiertos le escocían con lágrimas de rabia y temor.

—Todavía tiene dos días para pensarlo. Yo lo pensaría muy bien, señor Rainey. Quiero decir que, si yo fuera usted, me preocuparía por ella realmente. Y no hablaría con nadie acerca de esto. Sería como si estuviera en medio de una tormenta y tentara al relámpago. Divorciados o no, tengo la impresión de que aún guarda un sentimiento por esa dama. Ya es hora de que crezca un poco. *No podrá escaparse*. ¿No lo entiende? *Sé lo que hizo y no me iré hasta que recupere lo que es mío*.

—¡Está usted loco! —gritó Mort.

—Buenas noches, señor Rainey —dijo Shooter y colgó.

Mort permaneció ahí durante un momento, alejando el auricular de su oído. En eso, levantó la mitad inferior del teléfono estilo Princesa. Estuvo a punto de lanzar todo el aparato contra la pared antes de que pudiera controlarse. Lo colocó de nuevo sobre la mesa y tomó una docena de respiraciones profundas —lo suficiente para que sintiera la cabeza confusa y vacía. Después marcó el número de teléfono de la casa de Herb Creekmore.

La amiga de Herb, Delores, contestó al segundo timbrazo y llamó a Herb al teléfono.

—Hola, Mort —dijo Herb—. ¿Qué es esa historia acerca de tu casa? —su voz se retiró un poco del micrófono del teléfono—. Delores, ¿quieres poner la cacerola en el hornillo de atrás?

Hora de la cena en Nueva York, pensó Mort, y quiere que me entere. Bien, qué diablos. Un maniaco me acaba de amenazar con convertir a mi esposa en chuletas de ternera, pero la vida tiene que seguir, ¿o no?

—La casa desapareció —empezó Mort—. El seguro cubrirá la pérdida—hizo una pausa—. La pérdida *monetaria,* es decir.

—Lo siento —expresó Herb—. ¿Puedo ayudarte en algo?

—Bueno, no en el problema del incendio —dijo Mort—, pero gracias por el ofrecimiento. Sin embargo, acerca del cuento...

—¿Cuál cuento, Mort?

Sintió que la mano se apretaba de nuevo en el auricular y se obligó a sí mismo a aflojarla. *Él desconoce la situación. Tienes que recordarlo.*

—El cuento por el que está armando camorra mi

amigo el chiflado —dijo, tratando de conservar un tono que fuera mayormente ligero e indiferente—. "Temporada de siembra". La *Revista de Misterio de Ellery Queen.*

—¡Oh, *eso*! —dijo Herb.

Mort sintió una sacudida de temor.

—No olvidaste llamar, ¿verdad?

—No... sí llamé —lo tranquilizó Herb—. Sólo que olvidé todo lo concerniente durante un minuto. Después de que perdiste la casa y todo...

—¿Bien? ¿Qué dijeron?

—No te preocupes. Mañana me enviarán una fotocopia con un mensajero, y yo te la enviaré de inmediato por Federal Express. La tendrás a las diez de pasado mañana.

Por un momento pareció que se iban a resolver todos sus problemas y empezó a relajarse. En eso, recordó la forma en que habían brillado los ojos de Shooter. La forma en que había acercado su rostro hasta que casi se tocaron las frentes de ambos. Pensó en el olor seco a canela en el aliento de Shooter mientras decía: Miente.

¿Una fotocopia? No estaba seguro de que Shooter aceptara un ejemplar *original*... ¿pero una fotocopia?

—No —dijo lentamente—. Eso no sirve, Herb. Ni una fotocopia ni una llamada telefónica del editor. Tiene que ser un ejemplar original de la revista.

—Bueno, eso es un poco más difícil. Las oficinas editoriales están en Manhattan, desde luego, pero almacenan los ejemplares en las oficinas de subscripción en Pennsylvania. Sólo guardan cinco ejemplares de cada número... es lo más que *pueden* conservar, si consideras que la revista se ha estado publicando desde 1941. No les agrada particularmente prestarlos.

—¡Vamos, Herb! ¡Esas revistas las encuentras en las ventas de cosas usadas y en la mitad de las bibliotecas de los pueblos pequeños en Norteamérica!

—Pero nunca la serie completa —Herb hizo una pausa—. Ni siquiera serviría una llamada telefónica, ¿eh? ¿Me estás diciendo que este sujeto está tan paranoico que pensaría que está hablando con uno de tus miles de aprendices?

Desde el fondo:

—¿Quieres que sirva el vino, Herb?

Herb habló de nuevo con la boca alejada del teléfono.

—Espera un par de minutos, Dee.

—Te estoy retrasando la cena —dijo Mort—. Lo siento.

—Es parte del servicio. Escucha, Mort, sé franco conmigo... ¿este sujeto está tan loco como se oye? ¿Es peligroso?

Y no hablaría con nadie acerca de esto. Sería como si estuviera en medio de una tormenta y tentara al relámpago.

—No lo creo —dijo—, pero quiero quitármelo de encima, Herb —titubeó, buscando el tono adecuado—. He pasado la última mitad del año caminando a través de una tormenta de mierda. Tal vez pueda solucionar este problema. Sólo quiero quitarme de encima a este pelmazo.

—Está bien —manifestó Herb con súbita decisión—. Llamaré a Marianne Jaffery a las oficinas de la revista. La conozco desde hace mucho tiempo. Si le pido que solicite al curador de la biblioteca —así le dicen al sujeto, de verdad, el curador de la biblioteca— que nos envíe un ejemplar del número de junio de 1980, estoy seguro de que lo hará. ¿No hay objeción a que les diga que podrías tener un cuento para ellos en breve plazo?

—Ninguna —dijo Mort, y pensó: *Dile que será con el nombre de John Shooter*, y por poco rió en voz alta.

—Perfecto. Marianne le pedirá al curador que te lo envíe por Federal Express, directo desde Pennsylvania. Pero regrésalo en buenas condiciones o tendrás que buscar un ejemplar de repuesto en una de esas ventas de cosas usadas de las que hablabas.

—¿Cabe la posibilidad de que llegue a mi poder pasado mañana? —preguntó Mort. Se sentía miserablemente seguro de que Herb pensaría que había perdido la razón por preguntarlo siquiera... y era inevitable que considerara que Mort estaba haciendo una montaña de un grano de arena.

—Creo que hay una muy buena posibilidad —contestó Herb—. No lo garantizaría, pero *casi* lo garantizo.

—Gracias, Herb —expresó Mort con gratitud sincera—. Eres un gran tipo.

—*Aw, Shucks, ma'am* —dijo Herb, en la pésima imitación de John Wayne de la cual estaba tan absurdamente orgulloso.

—Ahora vete a cenar. Y dale a Delores un beso de mi parte.

Herb seguía con el acto de John Wayne.

—Al diablo con eso. Le daré un beso de *mi* parte, peregrino.

Alardea mucho, peregrino.

Mort sintió un aguijonazo tan agudo de horror y temor que casi profirió un grito. La misma palabra, el mismo acento lento y pesado. En alguna forma, Shooter había intervenido su línea telefónica, y no importaba a quién llamara Mort, o cuál número marcara, John Shooter era quien contestaba. Herb Creekmore se había convertido en otro de sus seudónimos, y...

—¿Mort? ¿Estás ahí?

Cerró los ojos. Ahora que Herb había terminado con la horrible imitación de John Wayne, todo estaba bien. No era más que Herb de nuevo, y lo había sido todo el tiempo. El hecho de que Herb usara esa palabra, sólo fue...

¿Qué?

¿Una carroza más en el desfile de coincidencias? Clara. Seguro. No hay problema. Me pararé en el bordillo de la acera y observaré su paso. ¿Por qué no? Ya he presenciado el paso de media docena más grandes.

—Aquí estoy, Herb —dijo, abriendo los ojos—. Sólo trataba de calcular cuánto te quiero. Ya sabes, contaba todas las formas en que te aprecio.

—Eres un tonto —indicó Herb, obviamente complacido—. Y tú vas a manejar esto con cuidado y prudencia, ¿de acuerdo?

—De acuerdo.

—Entonces, creo que me voy a cenar con la luz de mi vida.

—Suena como una buena idea. Adiós, Herb... y gracias.

—De nada. Trataré de que sea pasado mañana. Dee te dice adiós, también.

—Si quiere servir el vino, *apuesto* a que lo hace —dijo Mort, y ambos colgaron, riendo.

Tan pronto como colocó el teléfono sobre la mesa, volvió la fantasía. Shooter. Lo vigilaba con voces diferentes. Desde luego, estaba solo y era de noche, una condición que propicia las fantasías. Sin embargo, no creía —al menos en su cabeza— que John Shooter fuera un ser sobrenatural o un supercriminal. Si fuese lo primero, sabría con toda seguridad que Morton Rainey no había cometido un plagio —al menos no de este cuento en particular— y si fuese lo último, estaría asaltando un banco, o algos semejante, y no disparatando por el oeste de Maine, tratando de extraerle una historia corta a un escritor que ganaba mucho más dinero con sus novelas.

Caminó lentamente de regreso a la sala, con el propósito de dirigirse al estudio y hacer un intento con el procesador de palabras, cuando un pensamiento
(al menos no de este cuento en particular)
lo alcanzó y lo detuvo.

¿Qué significaba *eso* con exactitud, no de este cuento en particular? ¿Acaso se había robado *alguna vez* el trabajo de otra persona?

Por primera vez desde que Shooter apareció en el pórtico con el fajo de páginas, Mort consideró esta pregunta con toda seriedad. Un buen número de las críticas de sus libros habían sugerido que no era un escritor original; que la mayor parte de sus obras consistían en relatos repetidos. Recordaba que cuando Amy leyó una crítica de *El chico del organillero,* la cual primero reconocía el ritmo y lo ameno del libro, y después sugería una cierta homología en su trama, Amy había comentado:

—¿Y qué? ¿No sabe esta gente que en realidad sólo existen cinco buenos argumentos, y que los escritores los abordan una y otra vez con diferentes personajes?

Mort mismo creía que, por lo menos, existían seis relatos: éxito, fracaso, amor y pérdida, venganza, identidad confundida, la búsqueda de un poder más alto, ya sea Dios o el demonio. Mort había recurrido a los cuatro primeros repetida, obsesivamente, y ahora que lo pensaba, en "Temporada de siembra" estaban representados por lo menos tres de esos conceptos. ¿Pero era eso plagio? Si lo era, todos los novelistas en activo en el mundo serían culpables del delito.

El plagio, decidió, era un robo directo. Y él nunca lo había hecho en su vida. *Nunca*.

—Nunca —dijo, y se dirigió con grandes zancadas al estudio con la cabeza en alto y los ojos muy abiertos, como un guerrero que se aproxima al campo de batalla. Y ahí se sentó durante una hora, y no escribió una sola palabra.

26

Lo infructuoso de su desempeño en el procesador de palabras lo convenció de que sería una buena idea beberse la cena en vez de comerla, y estaba en el segundo bourbon con agua cuando sonó el teléfono de nuevo. Se dirigió a él, cauteloso, pensando de pronto que, después de todo, sería conveniente contar con un aparato que contestara el teléfono. Por lo menos, tenían una cualidad excelente: permitían que se supervisaran las llamadas que entraban y se podía identificar al amigo y al enemigo.

Permaneció junto a él, indeciso, reflexionando en cuánto le desagradaba el sonido de los teléfonos modernos. Tiempo atrás, campanilleaban —tintineaban alegremente, incluso—. Ahora producían un agudo ruido ululante que sonaba como una migraña a punto de desatarse.

¿Bien, lo vas a contestar o sólo te vas a quedar escuchándolo?

No quiero hablar con él otra vez. Me atemoriza y me enfurece, y no sé cuál de los sentimientos me desagrada más.

Tal vez no sea él.

Tal vez sí.

El efecto de escuchar estos dos pensamientos dando vueltas era peor aún que el trinante *biip-yaup* del teléfono, así que lo tomó y dijo hola con brusquedad, y después de todo no era más que el encargado, Greg Carstairs.

Greg formuló las preguntas ya familiares acerca de la casa, y Mort las respondió todas de nuevo, reflexionando que la explicación del suceso era muy similar a la explicación de una muerte repentina —si algo podía sacarte de la conmoción, era la repetición constante de los hechos conocidos.

—Escucha, Mort, por fin encontré a Tom Greenleaf esta tarde —dijo Greg, y Mort pensó que se le oía un poco raro... un poco cauteloso—. Él y Sonny Trotts estaban pintando la Parroquia Metodista.

—¿Uh-huh? ¿Hablaste con él acerca de mi amigo?

—Sí, lo hice —respondió Greg. Ahora se le oía más cauteloso aún.

—¿Bien?

Hubo una pausa corta. Después Greg dijo:

—Tom supone que te debes haber confundido con los días.

—¿Confundido con los... qué quieres decir?

—Bueno —prosiguió Greg, con el tono de quien pide disculpas—, dice que *pasó* por la avenida del Lago ayer en la tarde, y te vio; dice que te saludó con la mano y tú respondiste al saludo. Pero, Mort...

—*¿Qué?* —pero temía que ya sabía qué.

—Tom dice que estabas solo —terminó Greg.

Durante un prolongado momento, Mort no dijo nada. No se sentía *capaz* de decir nada. Greg también guardó silencio, dándole tiempo para pensar. Tom Greenleaf, desde luego, no era ningún pollito; era mayor que Dave Newsome tres años por lo menos, si no era que seis. Pero tampoco estaba senil.

—Jesús —dijo Mort por fin. Hablaba con mucha suavidad. La verdad era que se sentía un poco nervioso.

—*Mi* opinión —aventuró Greg con timidez—, es que tal vez fue *Tom* quien se confundió con los días. Ya sabes que no es exactamente...

—Un pollito —terminó Mort—. Lo sé. Pero si en Tashmore hay alguien con mejor ojo para los extraños que Tom, no sé quién sea. Toda su *vida* ha estado pendiente de los desconocidos. Es parte de su *trabajo,* ¿correcto? —titubeó y después estalló—: ¡Tom nos vio! ¡Nos vio *a los dos* con toda claridad!

Con mucho tacto, como si sólo estuviese bromeando, Greg inquirió:

—¿Estás seguro de que no soñaste a este individuo, Mort?

—Ni siquiera lo había considerado —dijo Mort, lentamente—, hasta ahora. Si no sucedió nada de eso, y le estoy contando a todo el mundo que *ocurrió,* supongo que eso me convierte en un demente.

—¡Oh!, nunca he supuesto *eso* —objetó Greg de inmediato.

—*Yo* sí —respondió Mort—. Pensó: *Pero es posible que sea eso lo que quiere. Que la gente piense que estoy loco. Y que, al final, se convierta en realidad esa sospecha.*

Oh, sí. Correcto. Y se coludió con el viejo Tom Greenleaf para el trabajito. De hecho, es probable que haya sido Tom quien viajó a Derry e incendió la casa, mientras Shooter se quedaba aquí y mataba al gato... ¿correcto?

Ahora, piensa en ello. PIENSA *con toda tu fuerza. ¿Estuvo ahí?* REALMENTE *estuvo?*

Así que Mort pensó en eso. Pensó con más intensidad de lo que había pensado nunca antes en su vida; con más intensidad, incluso de lo que había pensado en el caso de Amy y Ted, y lo que debía hacer respecto a ellos después de que los descubrió juntos en la cama ese día de mayo. ¿*Había* alucinado a John Shooter?

Recordó la velocidad con que Shooter lo había agarrado y lanzado contra el costado del auto.

—¿Greg?

—Aquí estoy, Mort.

—¿Tom tampoco vio el auto? ¿Una vieja furgoneta con matrícula de Mississippi?

—Dice que no vio ningún auto ayer en la avenida del Lago. Sólo a ti, de pie, al final del sendero que baja al lago. Pensó que estabas contemplando el paisaje.

¿Es en vivo o es Memorex?

Su mente volvía sin cesar al fuerte apretón de las manos de Shooter en la parte superior de sus brazos, la velocidad con que el hombre lo había lanzado contra el auto. *"Miente",* había dicho Shooter. Mort había visto el furor encadenado a sus ojos, y había olido canela seca en su aliento.

Las manos.

La presión de las manos.

—Greg, espérame un segundo.

—Claro.

Mort dejó el auricular en la mesa y trató de enrollarse las mangas de la camisa. No tuvo mucho éxito, ya que las manos le temblaban casi sin control. Optó por desabrocharse la camisa, se la quitó y extendió los brazos. Al principio no vio nada. Después, los giró hacia afuera lo más que pudo, y ahí estaban, dos moretones amarillentos en el interior de cada brazo, justo encima del codo.

Las señales que le dejaron los pulgares de Shooter cuando lo agarró y lo lanzó contra el auto.

De pronto pensó que podía entenderlo, y sintió miedo. No por él, sin embargo.

Por el viejo Tom Greenleaf.

28

Levantó el teléfono.
—¿Greg?
—Aquí estoy.
—Cuando hablaste con Tom, ¿te pareció que estaba bien?
—Estaba agotado —dijo Greg al instante—. El viejo tonto no tiene nada que hacer arrastrándose en un andamio para pasarse el día pintando bajo un viento helado. No a su edad. Parecía que estaba a punto de caerse en la pila de hojas más cercana si no llegaba a la cama cuanto antes. Ya veo adónde quieres llegar, Mort, y supongo que si estaba demasiado cansado, se le *pudo* escapar de la mente, pero...
—No, no es eso lo que pienso. ¿Estás seguro de que sólo era agotamiento? ¿Pudo haber estado atemorizado?

En el otro extremo de la línea, ahora hubo un largo silencio reflexivo. A pesar de su impaciencia, Mort no lo rompió. Su intención era que Greg pensara todo el tiempo que necesitara.

—No se veía como siempre —dijo Greg al fin—. Parecía distraído... *lejano*, en cierta forma. Lo achaqué a un simple cansancio, pero tal vez no lo era. O no por completo.

—¿Es posible que te haya estado ocultando algo?

Esta vez la pausa no fue tan larga.

—No lo sé. Es factible. Es todo lo que te puedo decir con seguridad, Mort. Lo que dices me hace pensar que debí hablar más tiempo con él y presionarlo un poco más.

—Creo que sería una buena idea que fuésemos a su casa —dijo Mort—. Ahora. Sucedió en la forma que te dije, Greg. Si Tom da otra versión, podría deberse a que mi amigo lo atemorizó con amenazas. Te veré ahí.

—Está bien —Greg se oía preocupado de nuevo—. Pero ya sabes que Tom no es la clase de hombre que se asusta con facilidad.

—Estoy seguro de que eso fue cierto en un tiempo, pero ahora Tom tiene setenta y cinco años cuando menos. Creo que es más fácil atemorizarte cuanto más envejeces.

—¿Por qué no nos vemos allá?

—Suena como una buena idea —Mort colgó el teléfono, virtió el resto del bourbon por el fregadero y se enfiló hacia la casa de Tom Greenleaf en el Buick.

29

Cuando llegó Mort, Greg estaba estacionado en la entrada. El Scout de Tom estaba cerca de la puerta trasera. Greg llevaba puesta una chaqueta de franela con el cuello vuelto hacia arriba; el viento proveniente del lago era lo suficientemente penetrante para resultar incómodo.

—Tom está bien —le dijo a Mort de inmediato.

—¿Cómo lo sabes?

Ambos hablaban en voz baja.

—Vi su Scout, así que fui a la puerta trasera. Ahí está clavada una nota que dice que tuvo un día muy pesado y se fue temprano a la cama —Greg sonrió y se apartó del rostro el cabello largo—. *También* dice que si lo necesita alguno de los vecinos habituales, me llame a mí.

—¿Está escrita la nota con su letra?

—Sí. Los grandes garabatos del viejo. La reconocería en cualquier parte. Di la vuelta y me asomé por la ventana de su dormitorio. Ahí está. La ventana está cerrada, pero me asombra que no se rompa el maldito cristal, los ronquidos son terribles. ¿Quieres verificarlo tú mismo?

Mort suspiró y negó con la cabeza.

—Pero algo está mal, Greg. Tom nos vio. Nos vio a *ambos*. Unos cuantos minutos después de que pasó Tom, el hombre se puso violento y me agarró por los brazos. Todavía tengo los moretones. Te los mostraré, si quieres verlos.

Greg movió la cabeza.

—Te creo. Cuanto más lo pienso, menos me gusta la forma en que se le oyó cuando dijo que estabas solo. Había algo... algo peculiar. En la mañana hablaré con él de nuevo. O podemos hablar con él los dos, si quieres.

—Me parece bien. ¿A qué hora?

—¿Por qué no vamos a la parroquia alrededor de las nueve treinta? Para entonces, ya se habrá tomado dos o tres tazas de café, no le puedes decir *buu* a Tom antes de que tome su safé, y así lo bajaremos de ese maldito andamio por un buen rato. Tal vez le salvemos la vida. ¿Te suena bien?

—Sí —Mort extendió la mano—. Lamento haberte metido en esta empresa tan descabellada.

Greg estrechó su mano.

—No es necesario que te disculpes. Algo no está bien. Siento mucha curiosidad por averiguar qué es lo que está pasando.

Mort volvió al Buick, y Greg se deslizó detrás del volante de su camión. Partieron en direcciones opuestas, dejando al viejo agotado sumido en el sueño.

Sin embargo, Mort no se durmió hasta casi las tres de la mañana. Dio vueltas y más vueltas en la cama, hasta que las sábanas se convirtieron en un campo de batalla y ya no pudo soportarlas. Entonces, se dirigió al sofá de la sala en una especie de aturdimiento. Se raspó las espinillas con la pícara mesa de café, maldijo en un solo tono, se acostó, acomodó los cojines bajo la cabeza y casi inmediatamente se hundió en un agujero negro.

30

Cuando despertó a las ocho de la mañana siguiente, pensó que se sentía bien. Siguió pensándolo hasta que bajó las piernas del sofá y se sentó. En seguida se le escapó un quejido tan fuerte que casi fue un grito sofocado, y se limitó a quedarse ahí sentado por un momento, deseando sostenerse la espalda, las rodillas y el brazo derecho al mismo tiempo. El brazo era lo peor, así que decidió centrarse en él. En alguna parte había leído que, cuando los posee el pánico, los seres humanos pueden realizar actos de fuerza casi sobrenatural; que no sienten nada cuando levantan un auto bajo el cual está atrapado un niño, o estrangulan perros Doberman asesinos con las manos únicamente, y más tarde, cuando se aleja la oleada de emoción, se dan cuenta del esfuerzo tan tremendo al que sometieron a su cuerpo. Ahora lo creía. Había abierto la puerta del baño de la planta alta con tanta energía que se había saltado una de las bisagras. ¿Con cuánta fuerza había asestado el atizador? Con más fuerza de la que se imaginaba, a juzgar por la forma en que le dolían esta mañana la espalda y el brazo derecho. Se rehusaba a pensar en la impresión que causarían los daños en la parte superior a un ojo menos tenso. *Sabía* que tendría que reparar los daños él mismo —o lo más que pudiera, de cualquier modo. Mort suponía que Greg ya debía tener serias dudas acerca de su cordura, a pesar de las afirmaciones en contrario. Una mirada a la puerta del baño rota, la puerta de la ducha destrozada y el gabinete de medicinas despedazado, contribuirían en poco a que se disiparan las dudas de Greg. Recordó que había pensado que era posible que Shooter estuviese tratando de que apareciera como un demente a los ojos de los demás. Ahora que la examinaba a la luz del día, la idea

no parecía tan descabellada; si acaso, era más lógica y
creíble que nunca.

Pero había prometido encontrarse con Greg en la
parroquia dentro de noventa minutos —menos ahora—
para hablar con Tom Greenleaf. Si permanecía sentado,
contando sus dolores, nunca llegaría a tiempo.

Mort se obligó a sí mismo a ponerse de pie y caminó
lentamente a través de la casa hasta el baño principal.
Abrió la ducha con agua lo bastante caliente para que
despidiera oleadas de vapor, se tomó tres aspirinas y se
metió bajo el agua.

Para el momento en que salió de la ducha la aspirina
había iniciado su efecto y pensó que, después de todo,
podría terminar el día. No sería agradable, y era posible
que en la hora en que acabara, sintiera que había durado
varios años, pero creía que podría tolerarlo.

Éste es el segundo día, pensó mientras se vestía. Lo
recorrió un pequeño calambre de aprensión. *Mañana es
la fecha límite.* Eso hizo que pensara primero en Amy,
y después en Shooter cuando dijo: *Yo no la involucraría
en esto si estuviera en mis manos, pero estoy empezando a creer que usted no me dejará otra opción.*

El calambre regresó. Primero el demente hijo de puta
había matado a Bump, después había amenazado a Tom
Greenleaf (era indudable que *había amenazado* a
Tom Greenleaf) y, Mort se daba cuenta, en realidad, era
posible que Shooter hubiese incendiado la casa de
Derry. Suponía que lo había sabido todo el tiempo, y
simplemente no quería admitirlo. Su principal misión
había sido incendiar la casa y eliminar la revista
—desde luego; a un hombre tan demente como Shooter
no se le ocurriría que por todas partes había más
ejemplares de esa revista. Esos detalles no formaban
parte de su visión desquiciada del mundo.

¿Y Bump? Sin duda, el gato fue un impulso
adicional. Shooter regresó, vio al gato en el pórtico,
esperando a que se le dejara entrar a la casa, observó
que Mort seguía durmiendo y mató al gato en un
arranque de rabia. El viaje redondo a Derry en tan poco

tiempo debió haber sido difícil, pero era factible. Todo tenía sentido.

Y ahora amenazaba con involucrar a Amy.

Tengo que prevenirla, pensó, mientras se metía la camisa en la parte de atrás de los pantalones. *Tengo que llamarla esta mañana y decirle toda la verdad. La decisión que tomé de que yo mismo me enfrentaría al hombre, es una cosa; pero presenciar cómo un demente involucra a la única mujer que he amado en un asunto del cual no sabe nada... es una cosa completamente distinta.*

Sí. Pero primero hablaría con Tom Greenleaf y le sacaría la verdad. Sin la corroboración de Tom del hecho de que Shooter en verdad lo estaba acosando y en verdad era peligroso, el comportamiento de Mort se vería sospechoso o descabellado, o ambas cosas. Probablemente ambas. Así que Tom era lo primero.

Pero antes de encontrarse con Greg en la Parroquia Metodista, se proponía detenerse en Bowie's y agasajarse con una de las famosas omelettes de tocino y queso de Gerda. Un ejército marcha en su estómago, soldado Rainey. Tiene razón, señor. Salió al vestíbulo del frente, abrió la pequeña caja de madera empotrada en la pared sobre la mesa del teléfono y buscó las llaves del Buick. Las llaves del Buick no estaban ahí.

Con el ceño fruncido, entró a la cocina. Ahí estaban, sobre la cubierta, junto al fregadero. Las tomó y las rebotó en la palma de la mano. ¿No las había puesto en la caja cuando regresó anoche de la visita a la casa de Tom? Trató de recordarlo, y no pudo —no con seguridad—. La colocación de las llaves en la caja al volver a casa era un hábito tan arraigado que ya lo hacía de modo mecánico. Si a un hombre a quien le gustan los huevos fritos le preguntas qué desayunó hace tres días y no lo puede recordar, *supondrá* que huevos fritos, porque eso es lo que desayuna por lo regular, pero no estará seguro. Esto era igual. Había regresado cansado, adolorido y preocupado. Simplemente, no se acordaba.

Pero no le gustaba.

No le gustaba en absoluto.

Fue hacia la puerta trasera y la abrió. Ahí, sobre los tablones del pórtico, estaba el sombrero negro de copa redonda de John Shooter.

Mort permaneció en el umbral, mirándolo, las llaves del auto apretadas en una mano, con la cadena de bronce del llavero colgando de modo que atrapaba y reflejaba un rayo del sol de la mañana. Podía escuchar el latido de su corazón en los oídos. Latía lenta y deliberadamente. Una parte de él había esperado esto.

El sombrero estaba exactamente en el sitio en que Shooter había dejado el manuscrito. Y más allá, en el camino de entrada, estaba el Buick. Cuando regresó la noche anterior, lo había estacionado a la vuelta de la esquina —eso sí lo recordaba— pero ahora estaba aquí.

—¿Qué hizo? —gritó Mort Rainey de repente en la luz del sol de la mañana, y los pájaros que gorjeaban despreocupados en los árboles quedaron en silencio de pronto—. *En nombre de Dios, ¿qué hizo?*

Pero si Shooter estaba cerca, observándolo, no respondió. Tal vez pensó que Mort descubriría muy pronto lo que había hecho.

31

El cenicero del Buick estaba abierto y en él había dos colillas de cigarrillos. Eran sin filtro. Mort tomó una de ellas con las puntas de las uñas, el rostro distorsionado con una mueca de desagrado, seguro de que sería un Pall Mall, la marca de Shooter. Sí lo era.

Dio vuelta a la llave y el motor respondió de inmediato. Cuando salió de la casa, Mort no había escuchado que crepitara y chirriara, pero de todas formas se puso en marcha como si hubiese estado caliente. El sombrero de Shooter estaba ahora en el portaequipaje. Mort lo había recogido con el mismo desagrado que había mostrado para la colilla del cigarrillo, colocando en el ala únicamente la parte indispensable de los dedos para sostenerlo. No había nada bajo él, ni dentro, excepto una banda interior muy vieja, manchada con sudor. Sin embargo, despedía otro olor, uno que era más picante y más acre que el sudor. Era un olor que Mort reconocía de modo vago, pero no podía ubicarlo. Tal vez le llegaría más tarde. Puso el sombrero en el asiento trasero y en eso recordó que en menos de una hora vería a Greg y a Tom. No estaba seguro de que quisiera que ellos observaran el sombrero. No sabía exactamente por qué se sentía así, pero esta mañana parecía más conveniente que obedeciera sus instintos en vez de cuestionarlos. Por consiguiente, colocó el sombrero en el portaequipajes y partió hacia el pueblo.

32

En el camino a Bowie's pasó de nuevo frente a la casa de Tom. El Scout no estaba en la entrada. Durante un momento, esta ausencia provocó que Mort se sintiera nervioso, pero después decidió que era una buena señal, no mala —Tom ya había empezado la jornada de trabajo. O quizá había ido a Bowie's también—. Tom era viudo, y casi todas las comidas las hacía en la barra de almuerzos de la tienda.

La mayor parte del personal del Departamento de Obras Públicas de Tashmore estaba en la barra, tomando café y conversando sobre la próxima temporada del venado, pero Tom no estaba entre ellos.

(Muerto, está muerto, Shooter lo mató y adivina qué auto usó)

—¡Mort Rainey! —lo saludó Gerda Bowie con su característico grito ronco de porrista. Era una mujer alta, con una espesa cabellera ensortijada color castaño y un gran pecho redondo—. ¡Tenía años sin verte! ¿Has estado escribiendo un buen libro últimamente?

—Lo intento —dijo Mort—. ¿Me harías una de tus omelettes especiales?

—¡Mierda, no! —dijo Gerda, y se rió para demostrar que sólo bromeaba. Los empleados de Obras Públicas en guardapolvos olivo grisáceo se rieron con ella. Por unos instantes, Mort deseó una gran pistola como la que usaba Harry el Sucio bajo sus chaquetas deportivas de tweed. Buum-bang-blam, y tal vez pudiesen tener un poco de orden aquí—. En seguida, Mort.

—Gracias.

Cuando se la llevó, junto con una tostada, café y jugo de naranja, dijo en voz más baja:

—Supe de tu divorcio. Lo siento.

Mort levantó la taza de café hasta los labios con una mano que era casi firme.

—Gracias, Gerda.

—¿Te estás cuidando debidamente?

—Bueno... trato.

—Te ves un poco pálido.

—Algunas noches me es difícil dormir. Me imagino que todavía no me acostumbro al silencio.

—Mierda... a lo que no estás acostumbrado es a dormir solo. Pero un hombre no tiene que dormir solo para siempre, Mort, nada más porque su mujer no reconoce algo bueno cuando lo tiene. Espero que no te moleste que te hable así...

—En absoluto —dijo Mort. Pero sí le molestaba. Pensó que Gerda Bowie actuaba como una Ann Landers del carajo.

—... pero tú eres el único escritor famoso que ha tenido este pueblo.

—Menos mal.

Gerda se rió y le pellizcó la oreja. Mort especuló brevemente qué diría ella, qué dirían los hombres con los guardapolvos verde grisáceo, si él mordiera la mano que lo pellizcaba. Lo sacudió un poco lo mucho que le atraía la idea. ¿Estaban todos hablando acerca de Amy y él? Decían algunos que ella no reconoció lo bueno cuando lo tuvo, decían otros que la pobre mujer se cansó de vivir con un demente y decidió dejarlo, sin conocer ninguno de ellos de qué carajos estaban hablando o cómo *había sido* su vida cuando todo marchaba bien. Claro que hablaban de eso. Era lo que hacía mejor la gente. Conocían todos los detalles de las personas cuyos nombres aparecían en los diarios.

Miró la omelette y no la quiso.

No obstante, de todas formas, le hincó el diente y logró tragarse la mayor parte. Iba a ser un largo día. La opinión de Gerda sobre sus libros y su vida amorosa no cambiaba este hecho.

Cuando terminó, pagó el desayuno y un diario, y salió de la tienda (las cuadrillas de Obras Públicas se habían largado *en masse* cinco minutos antes, deteniéndose uno de ellos lo indispensable para pedirle un autógrafo para su sobrina, de quien era cumpleaños), eran las nueve y cinco. Se sentó detrás del volante sólo para revisar el diario en busca de una noticia acerca de la casa de Derry, y la encontró en la página tres. INSPECTORES DE LOS BOMBEROS EN DERRY INFORMAN QUE NO HAY PISTAS EN EL INCENDIO RAINEY, decía el encabezado. "Morton Rainey, conocido por novelas tan populares como *El chico del organillero* y *La familia Delacourt,* no se pudo localizar para comentarios al respecto." Lo que significaba que Amy no les había dado el número de Tashmore. Bien hecho. Se lo agradecería si hablaba con ella más tarde.

Tom Greenleaf tenía prioridad. Cuando llegara a la Parroquia Metodista serían casi veinte minutos después de la hora. Muy cerca de las nueve treinta. Puso el Buick en velocidad y arrancó.

Cuando llegó a la parroquia sólo había un auto estacionado en la avenida —un viejo Ford Bronco, con una cabina de campismo detrás y un letrero que decía SONNY TROTTS, PINTURA, VIGILANCIA, CARPINTERÍA EN GENERAL en cada una de las puertas. Mort vio a Sonny mismo, un hombre bajo de estatura, de cerca de cuarenta años, sin cabello y con ojos alegres, en un andamio. Estaba pintando con grandes brochazos, mientras el tocacintas junto a él tocaba algo propio de Las Vegas con Ed Ames o Tom Jones —como sea, uno de esos sujetos que cantan sin abrocharse los tres botones superiores de la camisa.

—¡Hola, Sonny! —lo llamó Mort.

Sonny siguió pintando, moviendo la mano de un lado a otro con un ritmo casi perfecto, en tanto Ed Ames, o quien fuera, formulaba los interrogantes musicales acerca de qué es un hombre y qué tiene. Eran preguntas que Mort mismo se había hecho una o dos veces, aunque sin la sección de trompetas.

—¡*Sonny!*

Sonny se sobresaltó. Del extremo de la brocha voló pintura blanca y, durante un momento alarmante, Mort pensó que se caería del andamio. En eso, se agarró de una de las cuerdas, se dio vuelta y miró hacia abajo.

—¡Vaya, señor Rainey! —dijo—. Sí que me dio un buen susto.

Por alguna razón, Mort pensó en la perilla en Alicia en el País de las Maravillas de Disney, y tuvo que reprimir una carcajada.

—¿Señor Rainey? ¿Está bien?

—Sí —Mort tragó torcido. Era un truco que había aprendido en la escuela parroquial hacía mil años, y era la única forma infalible para reprimir la risa que había encontrado en su vida. Dolía, como la mayoría de los trucos que funcionan—. Pensé que se caería.

—No yo —dijo Sonny, riendo también. Acalló la voz que salía del tocacintas cuando emprendía un nuevo viaje de emoción—. Tal vez Tom podría caerse, pero yo no.

—¿Dónde *está* Tom? —preguntó Mort—. Quería hablar con él.

—Llamó temprano y avisó que no podría venir hoy. Le dije que estaba bien, que de todos modos no había suficiente trabajo para los dos.

Sonny miró a Mort con aire confidencial.

—Sí lo hay, desde luego, pero esta vez Tom recargó mucho su plato. Éste no es un trabajo para un individuo anciano. Dijo que tenía la espalda molida. No me extraña. No se le oía nada bien.

—¿A qué hora fue eso? —preguntó Mort, tratando de que se le oyera despreocupado.

—Temprano —dijo Sonny—. Las seis más o menos. Estaba a punto de meterme al cagatorio para mi obligación matinal. Muy regular que soy —Sonny parecía muy orgulloso de su puntualidad—. Tom sabe muy bien a qué hora me levanto y empiezo la faena.

—¿Pero no se le oía bien?

—No. No se le oía como siempre —Sonny hizo una pausa, con el ceño fruncido. Daba la impresión de que se esforzaba por recordar algo. Después se encogió de hombros y continuó—. Ayer estuvo feroz el viento del lago. Es probable que se haya resfriado. Pero Tommy es de hierro. Estará bien en un día o dos. Me preocupa más que camine distraído por el tablón —Sonny señaló el piso del andamio con la brocha, enviando una llovizna de gotas blancas desfilando delante de sus zapatos—. ¿Puedo ayudarlo en algo, señor Rainey?

—No —dijo Mort. Bajo el corazón sentía una sombría bola de temor, como un pedazo de lana arrugado—. ¿Has visto a Greg, por cierto?

—¿Greg Carstairs?

—Sí.

—Esta mañana no. Desde luego, *él* se ocupa del

transporte de mercancía —Sonny se rió—. Se levanta más tarde que el rosto de nosotros.

—Bien, pensé que también vendría a ver a Tom —comentó Mort—. ¿Le importa si espero un rato? Tal vez venga.

—Está usted en su casa —dijo Sonny—. ¿Le molesta la música?

—En lo más mínimo.

—En estos días se pueden obtener cintas sensacionales de la TV. Todo lo que se necesita es darles el número de su Mastercard. Ni siquiera le cuesta la llamada. Es un número ochocientos —se inclinó hacia el tocacintas, y después miró a Mort con la mayor seriedad—. Es Roger Whittaker —dijo en tono bajo y reverente.

—Oh.

Sonny oprimió PLAY. Roger Whittaker les dijo que había ocasiones (estaba seguro de que lo sabían) en que mordía más de lo que podía masticar. Eso era algo que Mort había hecho, sin la sección de trompetas. Caminó hasta el extremo de la entrada y se tocó distraído el bolsillo de la camisa. Le sorprendió que estuviera ahí la vieja cajetilla de L & M, ahora reducida a un solo sobreviviente. Encendió el último cigarrillo, haciendo una mueca en anticipación del sabor amargo. Pero no estaba mal. De hecho, no tenía ningún sabor... como si los años se lo hubiesen hurtado.

No es lo único que han hurtado los años.

Cuan cierto. Irrelevante, pero cierto. Fumó y miró hacia la carretera. Ahora Roger Whittaker les contaba a él y a Sonny que había un barco cargado en la bahía, y pronto partiría para Inglaterra. Sonny Trotts cantaba la última palabra de cada línea. Nada más; sólo la última palabra. Autos y camiones recorrían de un lado a otro la ruta 23. El Ford Ranger de Greg no aparecía por ningún lado. Mort tiró el cigarrillo a un lado, miró el reloj y vio que faltaba un cuarto de hora para las diez. Era evidente que Greg, quien era casi religiosamente puntual, no vendría tampoco.

Shooter los mató a los dos.

¡Carajo! ¡No lo sabes!

Sí lo sé. El sombrero. El auto. Las llaves.

No te limitas a saltar a conclusiones, te abalanzas sobre ellas.

El sombrero. El auto. Las llaves.

Se dio vuelta y caminó hacia ei andamio.

—Me imagino que se le olvidó —dijo, pero Sonny no lo oyó. Se balanceaba de un lado a otro, inmerso en el arte de la pintura y el alma de Roger Whittaker.

Mort volvió a su auto y se marchó. Perdido en sus pensamientos, nunca oyó que Sonny lo llamaba.

De cualquier forma, la música lo hubiese impedido probablemente.

34

A las diez y cuarto estaba de regreso, bajó del auto y se dirigió a la casa. A la mitad del camino retrocedió y abrió el portaequipaje. Ahí dentro estaba el sombrero, negro y terminante, como un sapo en un jardín imaginario. Lo tomó, sin tantos melindres esta vez, cerró el portaequipajes y fue hacia la casa.

Se detuvo en el vestíbulo del frente, inseguro de lo que quería hacer a continuación... y de pronto, sin ninguna razón, se puso el sombrero en la cabeza. Se estremeció cuando lo hizo, del mismo modo que en ocasiones se estremece un hombre después de tragarse una bocanada de licor puro. Pero pasó el estremecimiento.

Y el sombrero se ajustaba bastante bien en realidad.

Caminó lentamente hasta el dormitorio principal, encendió la luz y se colocó frente al espejo. Por poco estalla en carcajadas —se veía como el hombre con la horca en la pintura de Grant Wood, "Gótico Americano". Se parecía, aun cuando el hombre del cuadro llevaba descubierta la cabeza. El sombrero cubría por completo el cabello de Mort, como había cubierto el de Shooter (si es que Shooter *tenía* cabello —lo que aún estaba por determinarse, aunque Mort suponía que la próxima vez que lo viera lo sabría con seguridad, puesto que ahora Mort tenía su *chapeau*—), y apenas le tocaba el borde de las orejas. Era muy gracioso. De lo más divertido, de hecho.

En eso, la voz intranquila de su mente preguntó: *¿Por qué te lo pusiste? ¿A quién crees que te parecerás? ¿A él?*, y murió la risa. ¿Por qué *se había* puesto el sombrero en primer lugar?

Él quería que lo hicieras, dijo en tono bajo la voz intranquila.

¿Sí? ¿Pero por qué? ¿Por qué querría Shooter que Mort se pusiera su sombrero?

Tal vez quiere...

¿Sí?, apremió a la voz intranquila. ¿Qué quiere de mí?

Pensó que la voz había desaparecido y cuando llevaba la mano al interruptor de la luz, habló de nuevo.

... *confundirte*, dijo.

En eso, lo sobresaltó el sonido del teléfono. Se quitó el sombrero con una sensación de culpabilidad (un poco como un hombre que teme que se le atrape cuando se prueba la ropa interior de su esposa), y fue a contestarlo, pensando que sería Greg, y resultaría que Tom estaba en la casa de Greg. Sí, desde luego, eso fue lo que sucedió; Tom había llamado a Greg, le contó acerca de Shooter y las amenazas de éste, y Greg se llevó al viejo a *su* casa. Para protegerlo. Tenía tanto sentido que Mort no podía creer que no se le hubiese ocurrido antes.

Excepto que no era Greg. Era Herb Creekmore.

—Todo está arreglado —dijo Herb alegremente—. Marianne no me falló. Es un encanto.

—¿Marianne? —preguntó Mort en la forma más tonta.

—¡Marianne Jaffery, de la *Revista de Misterio de Ellery Queen!* —dijo Herb—. ¿La *Revista de Misterio de Ellery Queen*? ¿"Temporada de siembra"? ¿Junio de 1980? ¿Entiendes estas cosas, amo?

—¡Oh! —dijo Mort—. ¡Oh, *magnífico*! ¡Gracias, Herb! ¿Es seguro?

—Sí. La recibirás mañana... la revista real, no sólo una fotocopia del cuento. Llegará de Pennsylvania por Federal Express. ¿Has oído algo más de ese señor Shooter?

—Todavía no —dijo Mort, mirando el sombrero negro en su mano. Aún podía oler el extraño y evocativo aroma que tenía.

—Bueno, la falta de noticias es una buena noticia, dice el refrán. ¿Hablaste con la policía local?

¿Le había prometido a Herb que lo haría? Mort no podía recordarlo con seguridad, pero era posible. Sería mejor actuar con precaución.

—Sí. El viejo Dave Newsome no se inquietó demasiado. No cree que el sujeto hable en serio —era una porquería mentirle a Herb, especialmente cuando Herb le había hecho un favor tan grande, ¿pero qué caso tenía decirle la verdad? Era demasiado descabellada, demasiado complicada.

—Bien... ya informaste a las autoridades. Creo que eso es importante, Mort... en verdad lo creo.

—Sí.

—¿Alguna otra cosa?

—No... pero un millón de gracias por esto. Me salvaste la vida —y pensó que tal vez no sólo en sentido figurado.

—Fue un placer. Recuerda que en los pueblos pequeños, FedEx generalmente entrega en la oficina postal local. ¿De acuerdo?

—Claro.

—¿Cómo va el nuevo libro? He estado deseando preguntártelo.

—¡Estupendo! —exclamó Mort, con entusiasmo.

—Muy bién. Quítate a ese tipo de encima y ponte a trabajar. El trabajo ha salvado a muchos hombres mejores que tú o yo, Mort.

—Lo sé. Mis recuerdos para tu dama.

—Gracias. Mis mejores deseos para... —Herb se detuvo abruptamente, y Mort casi lo pudo ver mordiéndose el labio. Era difícil acostumbrarse a las separaciones. Decían que los amputados siguen sintiendo el pie que ya no tienen— ... para ti —terminó.

—Gracias de nuevo —dijo Mort—. Cuídate, Herbert.

Salío con pasos lentos a la terraza y miró el lago. Hoy no había botes en él. *Estoy un paso adelante, sin importar lo que suceda. Le puedo mostrar la maldita revista a este hombre. Tal vez lo aplaque... tal vez no. Está demente, después de todo, y nunca se sabe qué hará o no hará un miembro de la legendaria tribu de los Sujetos Chiflados. Es parte de su encanto dudoso. Todo es posible.*

Incluso era posible que, después de todo, Greg estuviese en su casa, pensó —podría haberse olvidado de la cita en la parroquia o pudo haberle surgido algo inesperado, ajeno a este asunto. Con la esperanza renovada de repente, Mort fue al teléfono y marcó el número de Greg. Al tercer repique del teléfono, recordó que un día de la semana anterior Greg había mencionado que su esposa e hijos irían a pasar unos días con sus suegros. Megan empieza la escuela el próximo año, y entonces les será más difícil visitarlos, había dicho.

Así que Greg había estado solo.

(el sombrero)

Igual que Tom Greenleaf.

(el auto)

El joven marido y el viejo viudo.

(las llaves)

¿Y cómo se lleva a cabo todo eso? Vaya, tan sencillo como pides una cinta de Roger Whittaker de la TV. Shooter va a casa de Tom Greenleaf, pero no en su furgoneta —oh, no, eso equivale a anunciarse por adelantado—. Deja su auto estacionado en el camino de entrada de Mort Rainey, o tal vez a un lado de la casa. Se lleva el Buick a casa de Tom. Obliga a Tom a que llame a Greg. Probablemente saca a Greg de la cama, pero Greg está preocupado por Tom y llega de inmediato. En seguida, Shooter obliga a Tom a que le llame a Sonny Trotts y le diga que no se siente bien y que no va a ir a trabajar. Shooter coloca un desarmador contra la yugular del viejo Tom, y le sugiere que si no suena convincente, será un viejo estúpido muy arrepentido. Tom logra que sus palabras suenen convincentes... si bien, incluso Sonny, no demasiado listo y recién salido de la cama, se da cuenta de que Tom no se oye como siempre. Shooter usa el desarmador en Tom. Y cuando llega Greg Carstairs, usa el desarmador —o algo parecido— en *él*. Y...

Te sale pura mierda de la cabeza. Esto no es más que un caso severo de histeria nerviosa y eso es todo. Repite: eso... es... TODO.

Era razonable, pero no lo convencía. No era un Chesterfield. No satisfacía.

Mort caminó a paso rápido por la planta baja de la casa, tirando y retorciéndose el cabello.

¿Qué hizo con las camionetas? ¿El Scout de Tom, el Ranger de Greg? Añade el Buick, y estás pensando en tres vehículos —cuantro si cuentas la furgoneta de Shooter, y no es más que un solo hombre.

No lo sabía... pero sí sabía que ya era bastante.

Cuando se acercó otra vez al teléfono, sacó la guía telefónica del cajón y empezó a buscar el número del alguacil del pueblo. Se detuvo abruptamente.

Uno de esos vehículos era el Buick. MI *Buick.*

Bajó el auricular con lentitud. Trató de imaginarse la forma en que Shooter pudo haber manejado el aspecto de los vehículos. Nada le venía a la mente. Era como sentarse frente al procesador de palabras cuando estás bloqueado a las ideas —no veías más que una pantalla en blanco. Pero sabía que no quería llamar a Dave Newsome. No todavía. Se estaba alejando del teléfono, sin dirección fija en particular, cuando sonó éste.

Era Shooter.

—Vaya al sitio donde nos encontramos el otro día —dijo Shooter—. Camine un poco por el sendero. Me da la impresión de que usted es un hombre que piensa igual que los ancianos mastican su comida, señor Rainey, pero estoy dispuesto a darle todo el tiempo que necesite. Le llamaré esta tarde, a última hora. A cualquier otra persona que llame entre ahora y entonces, será responsabilidad de usted.

—¿Qué hizo? —preguntó de nuevo. Esta vez, su voz carecía de todo vigor, casi era un susurro—. ¿Qué demonios *hizo*?

Pero sólo había una línea muerta.

35

Caminó hasta el lugar donde se unían el sendero y la avenida, el lugar donde había estado hablando con Shooter cuando Tom Greenleaf tuvo la mala suerte de verlos. Por alguna razón, no le agradaba la idea de conducir el Buick. En ambos lados del sendero los arbustos estaban abatidos y escuálidos, lo que convertía en arduo el sendero. Descendió a saltos, sabiendo lo que encontraría en el primer soto de árboles de buen tamaño al que llegara... y *lo encontró*. Era el Scout de Tom Greenleaf. Ambos hombres estaban en el interior.

Greg Carstairs estaba sentado detrás del volante, con la cabeza hacia atrás y un desarmador —un Phillips, esta vez— enterrado hasta el mango en la frente, encima del ojo derecho. El desarmador provenía de una alacena de la despensa de la casa de Mort. Era imposible no reconocer el mango de plástico rojo, desportillado.

Tom Greenleaf estaba en el asiento trasero con un hacha pequeña plantada en la punta de la cabeza. Tenía los ojos abiertos. Alrededor de las orejas se le habían escurrido los sesos, ahora ya secos. A lo largo del mango de fresno del hacha estaba escrita una palabra en letras rojas, desvanecidas pero todavía legibles: RAINEY. Provenía del cobertizo de herramientas.

Mort permaneció de pie en silencio. A lo lejos, gritó un pájaro carbonero. Un pájaro carpintero utilizaba un árbol hueco para enviar código Morse. En el lago, una brisa refrescante formaba coronas blancas de espuma; hoy, el agua era azul cobalto, y las coronas marcaban un hermoso contraste.

Detrás de él se oyó un sonido susurrante. Mort se dio vuelta con tanta rapidez que faltó poco para que cayera —se hubiese caído si no hubiese tenido el Scout para detenerse. No era Shooter. Era una ardilla. Lo miró con odio brillante, desde su posición inmóvil a la mitad de un tronco de arce que resplandecía con el fuego rojo del otoño. Mort esperó a que disminuyera el galope de su corazón. Esperó a que la ardilla subiera hasta la punta del árbol. Su corazón se calmó; la ardilla no subió.

—Los mató a los dos —dijo por fin, hablando a la ardilla—. Fue a casa de Tom en mi Buick. Después fue a casa de Greg en el Scout de Tom, con Tom al volante. Mató a Greg. Después obligó a Tom a que lo trajera hasta aquí, y lo mató. Usó mis herramientas para matarlos a los dos. Después regresó caminando a casa de Tom... o tal vez, regresó trotando. Se le ve bastante robusto para estar en condiciones de trotar. Sonny pensó que Tom se oía diferente, y ahora sé por qué. Para la hora en que Sonny recibió esa llamada, el sol estaba a punto de salir y Tom ya estaba muerto. Fue Shooter, *imitando* a Tom, y probablemente le resultó fácil. A juzgar por lo alto del volumen en el que Sonny estaba escuchando la música esta mañana, está un poco sordo, de cualquier modo. Una vez que habló con Sonny Trotts, subió a mi Buick y regresó a la casa. El Ranger de Greg todavía está estacionado en su propia entrada, donde ha estado todo el tiempo. Y así fue como...

La ardilla se deslizó por el tronco y desapareció entre las hojas rojas deslumbrantes.

—... así fue como lo llevó a cabo —terminó Mort con voz apagada.

De pronto, sintió que se le aflojaban las piernas. Dio dos pasos hacia atrás por el sendero, pensó en los sesos de Tom Greenleaf que se secaban en sus mejillas y cedieron sus piernas. Cayó al piso y el mundo se desvaneció por un rato.

36

Cuando recobró el conocimiento, Mort rodó hasta quedar boca arriba, se sentó aturdido y giró la muñeca para ver el reloj. Señalaba quince minutos después de las dos, pero desde luego se había parado anoche a esa hora; había encontrado el Scout de Tom a media mañana, y *no era posible* que fueran las dos de la tarde. Se había desmayado y, considerando las circunstancias, no era sorprendente. Pero nadie se desmaya por tres *horas* y media.

Sin embargo, el segundero del reloj continuaba constante el pequeño círculo.

Se debe haber adelantado cuando me senté, eso es todo.

Pero *no era* todo. El sol había cambiado de posición, pronto se perdería detrás de las nubes que estaban llenando el cielo. El color del lago había palidecido a un cromo lánguido.

¿Se había desmayado, o desvanecido, y después qué? Bueno, si bien era casi increíble, suponía que se había quedado dormido. Los últimos tres días le habían arruinado los nervios, y anoche había perdido el sueño hasta las tres de la madrugada. Así que llámalo una combinación de fatiga física y mental. Su mente se había rehusado a seguir funcionando. Y...

¡Shooter! ¡Cristo! ¡Shooter dijo que llamaría!

Trató de ponerse de pie y volvió a caerse con una leve exclamación de ¡*off!* de dolor y sorpresa cuando se le torció la pierna izquierda. La sentía llena de agujas y alfileres, todos danzando como enloquecidos. Con seguridad, todo su peso había caído sobre la maldita pierna. ¿Por qué no había traído el Buick, por Dios Santo? Si Shooter llamaba y Mort no estaba ahí para contestar el teléfono, el hombre podría hacer cualquier cosa.

Nuevamente se levantó, y esta vez logró erguirse. Pero cuando trató de caminar sobre la pierna izquierda, ésta rechazó el peso y volvió a derrumbarse. En la caída, por poco se golpea la cabeza con el costado de la camioneta y, de pronto, se vio a sí mismo reflejado en el tapacubos del Scout. La superficie convexa hacía que su rostro se viese como una máscara grotesca en la casa de la risa de una feria. Por lo menos había dejado en casa el maldito sombrero; si hubiese visto *eso* en su cabeza, Mort pensaba que habría gritado; no habría podido evitarlo.

En eso recordó que en el Scout había dos hombres muertos. Estaban sentados en un nivel un poco más alto que él, poniéndose rígidos, y de sus cabezas sobresalían herramientas.

Salió arrastrándose de la sombra del Scout, se colocó la pierna izquierda sobre la derecha con las manos y empezó a golpearla con los puñños, como un hombre que trata de ablandar un corte de carne barata.

¡Detente!, gritó una pequeña voz —era la última chispa de racionalidad bajo su mando, una pequeña luz cuerda en lo que sentía que no era más que un extenso banco de nubes de tormenta entre las orejas. *¡Detente! ¡Dijo que llamaría a última hora de la tarde y apenas son las dos y cuarto! ¡Hay tiempo de sobra!*

¿Pero si acaso llamaba antes? ¿O si "la última hora" empezaba después de las dos en el bucólico sur?

Sigue pegándote así en la pierna y terminarás con un calambre. Entonces verás lo agradable que es arrastrarte de regreso para recibir la llamada a tiempo.

Eso fue la solución. Por fin pudo detenerse. Esta vez se puso de pie con más cautela y permaneció quieto por un momento (tuvo cuidado de darle la espalda al Scout de Tom —no quería volver a ver el interior—), antes de tratar de caminar. Descubrió que ya estaban amainando las agujas y los alfileres. Caminó con una pronunciada cojera al principio, pero empezó a regularizarse su paso después de la primera docena de zancadas.

Casi había salido de la zona de arbustos que Shooter había deshojado y abatido con el Scout de Tom, cuando escuchó que se acercaba un auto. Mort se dejó caer de rodillas en un movimiento automático y observó que pasaba un viejo Cadillac. Pertenecía a Don Bassinger, quien era propietario de una casa en el lado opuesto del lago. Bassinger, un alcohólico veterano, quien se pasaba la mayor parte del tiempo bebiéndose lo que le quedaba de una sustancial herencia, usaba con frecuencia la avenida del Lago como un atajo hacia lo que se conocía como Camino Bassinger. Don era casi el único residente permanente aquí, pensó Mort.

Cuando se perdió de vista el Caddy, Mort se puso de pie y corrió el resto del ascenso del sendero. Ahora se alegraba de no haber traído el Buick. Él conocía el Cadillac de Don Bassinger, y Bassinger conocía el Buick de Mort. Probablemente todavía era muy temprano para que Don estuviese ya en estado de amnesia, y podría recordar que había visto el auto de Mort, si hubiese estado ahí, estacionado cerca de un lugar, donde, en muy poco tiempo, alguien se tropezaría con un espectáculo *extremadamente* horrible.

Está empeñado en vincularte con este asunto, pensó Mort mientras cojeaba por la avenida del lago rumbo a su casa. *Ésa ha sido su intención todo el tiempo. Si la noche pasada alguien vio un auto cerca de la casa de Tom Greenleaf, puedes estar seguro de que fue tu Buick. Los mató con tus herramientas...*

Podría desaparecer las herramientas, pensó de repente. *Podría tirarlas al lago. Tal vez sentiría náuseas cuando tratara de sacárselas, pero creo que podría soportarlo.*

¿Podrías? Lo dudo. E incluso si pudieras... bueno, es casi seguro que Shooter también haya pensado en esa posibilidad. Parece que pensó en todas las demás. Y sabe que si intentas librarte del hacha y el desarmador, y la policía draga el fondo del lago y las encuentra, las cosas se verán todavía peor para ti. ¿Ves lo que ha hecho? ¿Lo ves?

Sí. Lo veía. John Shooter le había dado un regalo.

Era una muñeca de brea. Una reluciente y gran muñeca de brea. Mort le había dado un manotazo en la cabeza a la muñeca de brea con la mano izquierda y se le había quedado pegada. Entonces, con la mano derecha había apretado a la muñeca de brea para soltarse, pero la mano *derecha* también se había quedado pegada. Se había comportado —¿cuál era la frase de la que había estado tan orgulloso?— "un poco falso", ¿no era así? Sí, ésa había sido. Y todo el tiempo se había estado enredando con la muñeca de brea de Shooter. ¿Y ahora? Bueno, había dicho mentiras a toda clase de personas, y eso sería perjudicial si salía a relucir, y a cuatrocientos metros detrás de él un hombre llevaba una hacha por sombrero, y el nombre de Mort estaba escrito en el mango, y eso se vería todavía peor.

Mort se imaginó que sonaba el teléfono en la casa vacía y se obligó a iniciar un trote.

37

Shooter no llamaba.

Los minutos se estiraban como caramelo y Shooter no llamaba. Mort daba vueltas desesperado por la casa, tirándose y retorciéndose el cabello. Se imaginaba que así debía sentirse un drogadicto cuando esperaba al narcotraficante.

Dos veces tuvo dudas sobre la conveniencia de seguir esperando y fue hasta el teléfono para llamar a las autoridades —no al viejo Dave Newsome ni al comisario del condado, sino a la policía estatal. Se acogería al antiguo axioma de Vietnam: mátalos a todos y que Dios separe a los buenos de los malos. ¿Por qué no? Después de todo, él tenía una buena reputación; era un miembro respetado de dos comunidades de Maine y John Shooter era un...

¿Qué *era* Shooter exactamente?
La palabra "fantasma" le vino a la mente.
La palabra "alucinación" *también* le llegó a la mente.
Pero no era eso lo que lo detenía. Lo que lo detenía era una horrible certidumbre de que Shooter trataría de llamar mientras Mort usaba la línea... que Shooter oiría la señal de ocupado, y Mort nunca volvería a saber de él.

Al cuarto para las cuatro empezó a llover —una lluvia constante de otoño, fría y suave, suspirando desde el cielo blanco, mientras pulsaba ligeramente sobre el techo y las hojas secas alrededor de la casa.

Cuando faltaban diez minutos para las cuatro, sonó el teléfono. Mort se abalanzó hacia él.
Era Amy.
Amy quería hablar acerca del incendio. Amy quería hablar de lo triste que se sentía, no sólo por ella, sino por ambos. Amy quería decirle que Fred Evans, el investigador de seguros, todavía estaba en Derry, todavía hurgando en el sitio del siniestro, todavía en averiguaciones que cubrían desde la más reciente inspección de la instalación eléctrica hasta quién tenía llaves de la cava, y Ted sospechaba de sus motivos. Amy quería que Mort meditara con ella si las cosas habrían sido diferentes si hubiesen tenido hijos.

Mort respondió a todo esto lo mejor que pudo, y mientras hablaba con ella, sentía que el tiempo —tiempo preferencial de última hora de la tarde— se escurría rápidamente. Estaba casi enloquecido con la preocupación de que Shooter llamara, encontrara ocupada la línea y cometiera otra atrocidad. Por último, le dijo lo único que se le ocurrió como pretexto para que colgara: que si no llegaba pronto al baño, tendría un accidente.

—¿Es la bebida? —preguntó inquieta—. ¿Has estado bebiendo?

—El desayuno, creo —dijo—. Escucha, Amy, yo...
—¿En Bowie's?
—Sí —dijo, tratando de que se le oyera una voz

ahogada por el dolor y el esfuerzo. La verdad es que se *sentía* ahogado. Si se consideraba con objetividad, todo esto era comedia—. Amy, en realidad, yo...

—Por Dios, Mort, tiene la parrilla más sucia del pueblo —dijo Amy—. Ve. Te llamaré más tarde —el teléfono quedó muerto en su oído. Colocó el auricular en el soporte, permaneció frente a él un momento y, ante su sorpresa y consternación, descubrió que la queja ficticia, de pronto, era cierta: sus intestinos se habían contraído en un pungente nudo doloroso.

Corrió al cuarto de baño, desabrochándose el cinturón en el camino.

Estuvo muy cerca del desastre, pero llegó. Se sentó sobre el anillo en el rico hedor de sus propios desechos, los pantalones alrededor de los tobillos, recuperando el aliento... y de nuevo sonó el teléfono.

Se levantó como un muñeco de resorte cuando le quitan la tapa, se golpeó vivamente la rodilla en un lado del lavabo y corrió hacia él, sosteniendo los pantalones con una mano y con pasos pequeños, como una chica con una falda muy ajustada. Tenía esa sensación miserable, vergonzosa de no-tuve-tiempo-para-limpiarme, y se imaginó que a todo el mundo le sucedía eso alguna vez, pero de repente se le ocurrió que nunca había leído un incidente semejante en un libro —ni un solo libro, nunca.

Oh, la vida era toda una comedia.

Esta vez *era* Shooter.

—Lo vi allá abajo —dijo Shooter. Su voz era tan calmada y serena como siempre—. Ahí donde los dejé, quiero decir. Por lo visto, usted sufrió una insolación, sólo que no estamos en verano.

—¿Qué quiere? —Mort se pasó el teléfono al otro oído. Los pantalones se le resbalaron hasta los tobillos de nuevo. Los dejó que se cayeran, y se quedó ahí, con la pretina de los calzoncillos Jockey suspendida a la mitad entre las rodillas y la cadera. *Ésta* sí sería una buena fotografía del autor, pensó.

—Casi le prendo una nota —dijo Shooter—. Pero cambié de idea —hizo una pausa, y después añadió en

una especie de desprecio distraído—. Se asusta con demasiada facilidad.
—¿Qué quiere?
—Vaya, ya se lo dije, señor Rainey. Quiero un cuento en compensación del que me robó. ¿Todavía no esta dispuesto a admitirlo?
Sí... ¡Dile que sí! Dile cualquier cosa, que la tierra es plana, que John Kennedy y Elvis Presley están vivitos y coleando y tocan un dueto de banjo en Cuba, Meryl Streep es un hombre vestido de mujer, dile CUALQUIER COSA...
Pero no lo hizo.
Toda la furia y frustración y horror y confusión le estallaron de pronto en la boca en un aullido.
—¡NO LO HICE! ¡NO LO HICE! ¡USTED ESTÁ LOCO, Y LO PUEDO PROBAR! ¡TENGO LA REVISTA, LUNÁTICO! ¿ME OYE? ¡TENGO LA MALDITA REVISTA!
La respuesta a esto fue una ausencia de respuesta. La línea estaba en silencio y muerta, ni siquiera con el lejano parloteo de una voz fantasmal que rompiera la tensa oscuridad, como la que se deslizaba por la ventana pared cada noche que passaba solo en la casa.
—¿Shooter?
Silencio.
—¿Shooter, está ahí?
Más silencio. Se había ido.
Mort dejo que el teléfono se separara del oído. Ya lo estaba regresando al soporte, cuando la voz de Shooter, diminuta, distante y casi perdida, dijo:
—¿... ahora?
Mort se puso de nuevo el auricular en el oído. Parecía que pesaba cuatrocientos kilos.
—¿Qué? —preguntó—. Pensé que había colgado.
—¿La tiene? ¿*Tiene* la revista? ¿*Ahora*? —pensó que por primera vez Shooter se oía inquieto. Inquieto e inseguro.
—No —dijo Mort.
—¡Ah, *vaya*! —exclamó Shooter en tono de alivio—. Creo que por fin estará dispuesto a que hablemos con coherencia...

—Viene por Federal Express —lo interrumpió Mort—. Estará en la oficina de correos mañana a las diez.

—¿*Qué* va a ser? —preguntó Shooter—. ¿Una borrosa cosa vieja que se supone que es una *fotocopia*?

—No —dijo Mort. La sensación de que había desestabilizado al hombre, que en realidad había traspasado sus defensas y lo había golpeado con suficiente fuerza para lastimarlo, era intensa e inegable. Durante un momento o dos, a Shooter se le había oído casi temeroso, y al enojo de Mort se añadió una nota de alegría—. La revista. La *revista* real.

Hubo otra larga pausa, pero esta vez Mort mantuvo el teléfono estrechamente apretado contra el oído. Ahí estaba Shooter. Y de pronto, el *cuento* era el punto central de nuevo, el cuento y la acusación de plagio; el punto era que Shooter lo trataba como si fuese un maldito niño de escuela, y era posible que el hombre se marchara por fin.

En una ocasión, en la misma escuela parroquial donde Mort había aprendido el truco de tragar torcido, había visto que un chico le clavaba un alfiler a un escarabajo que deambulaba por su escritorio. El escarabajo había quedado atrapado —clavado, retorciéndose, muriéndose—. A la sazón, Mort había sentido tristeza y horror. Ahora entendía. Ahora sólo quería hacerle lo mismo a este hombre. A este hombre demente.

—No puede haber ninguna revista —dijo Shooter, finalmente—. No con ese cuento. ¡Ese cuento es *mío*!

Mort percibió angustia en la voz del hombre. Angustia verdadera. Le alegraba. El alfiler estaba clavado en Shooter. Se estaba retorciendo alrededor de él.

—Llegará mañana a las diez —dijo Mort—, o tan pronto como el Fed Ex entregue la correspondencia de Tashmore. Tendré mucho gusto en que nos reunamos ahí. Puede darle una mirada. Una mirada tan larga como quiera, maldito maniaco.

—Ahí no —dijo Shooter, después de otra pausa—. En su casa.

—Olvídelo. Cuando le muestre ese ejemplar de *Ellery Queen* quiero estar en algún sitio donde pueda pedir ayuda si se pone violento.

—Lo hará a mi manera —dijo Shooter. Ahora se le oía con un poco más de control... pero Mort no creía que Shooter tuviese siquiera la mitad del control que tenía antes—. Si no accede, lo veré en la prisión del estado de Maine por asesinato.

—No me haga reír —pero Mort sentía que los intestinos empezaban a anudarse de nuevo.

—Lo tengo enganchado con esos dos hombres en más formas de las que conoce —dijo Shooter—, y ha dicho un buen rimero de mentiras. Si me desaparezco, señor Rainey, se va a encontrar con un nudo corredizo en la cabeza y los pies colgando.

—No me asusta.

—Claro que sí —afirmó Shooter. Hablaba casi con amabilidad—. Lo que pasa es que usted está empezando a asustarme un poco, también. No acabo de conocerlo.

Mort guardó silencio.

—Sería un hecho insólito —prosiguió Shooter en un tono extraño, meditabundo—, que hubiéramos escrito el mismo cuento en dos lugares diferentes, en dos épocas distintas.

—Se me ha ocurrido la posibilidad.

—¿En efecto?

—La descarté —dijo Mort—. Demasiada coincidencia. Tal vez si sólo fuera el mismo argumento. ¿Pero el mismo lenguaje? ¿La misma maldita *dicción*?

—Uh-huh —masculló Shooter—. Yo pensé lo mismo, peregrino. Es demasiado. La coincidencia queda fuera. Usted me lo robó, no hay duda, pero que me condene si puedo imaginarme cómo o cuándo.

—¡Oh, deje eso! —estalló Mort—. ¡Tengo la revista! ¡Tengo la *prueba*! ¿No lo entiende? ¡Se terminó! ¡Ya fuese un juego descabellado de su parte o una ilusión, se acabó! *¡Yo tengo la revista!*

Después de un largo silencio, Shooter dijo:

—No, todavía no la tiene.
—Es cierto —aceptó Mort. Tuvo una súbita e indeseable sensación de afinidad con el hombre—. ¿Qué hacemos esta noche, entonces?
—Nada —dijo Shooter—. Esos dos hombres pueden esperar. Uno tiene a la esposa y a los niños visitando a la familia. El otro vive solo. Usted recoge la revista mañana en la mañana. Iré a su casa alrededor del mediodía.
—Me matará —sentenció Mort. Descubrió que la idea no le causaba demasiado terror, por lo menos, no esta noche—. Si le muestro la revista, se desbaratará su ilusión y me matará.
—¡No! —respondió Shooter, y esta vez se le oyó claramente sorprendido—. ¿A usted? ¡No, *señor*! Pero esos dos iban a interferir en nuestro negocio. No podía permitirlo... y me di cuenta de que podía usarlos para obligarlo a que tratara conmigo. A que enfrentara su responsabilidad.
—Es habilidoso —dijo Mort—. Le concederé eso. Creo que está loco, pero también creo que usted es el hijo de puta más habilidoso que se ha atravesado en mi vida.
—Bien, más le vale que crea esto —dijo Shooter—: Si voy mañana y descubro que se ha ido, señor Rainey, no me detendré hasta que destruya a todas las personas que ama y le interesan en el mundo. Quemaré su vida como un cañaveral en un fuerte viento. Irá a la cárcel por el asesinato de esos dos hombres, pero la cárcel será el último de sus pesares. ¿Me entiende?
—Sí —asintió Mort—. Entiendo. Peregrino.
—Estaré ahí, entonces.
—Y supongamos, sólo supongamos, que le muestro la revista y tiene mi nombre en la página del contenido y mi cuento en el interior. ¿Entonces, qué?
Después de una corta pausa, Shooter dijo:
—Iré a las autoridades y confesaré todo. Pero me ocuparé de mí mismo mucho antes del juicio, señor Rainey. Si ése es el resultado final, supongo que soy un demente. Y esa clase de hombre demente... —se oyó

un suspiro—. Esa clase de demente no tiene excusa o razón para vivir.

Las palabras impactaron a Mort con una fuerza extraña. *Está inseguro*, pensó. *Por primera vez, está inseguro realmente... en lo que ya me lleva ventaja.*

Pero descartó la idea, contundente. Él nunca había tenido *motivo* para estar inseguro. Era culpa de Shooter. Todo era culpa de Shooter.

—¿Cómo puedo tener la seguridad de que no afirmará que la revista es una falsificación?

No esperaba respuesta a esto, excepto tal vez algo acerca de que Mort tendría que aceptar su palabra, pero Shooter lo sorprendió.

—Si es auténtica, lo sabré de inmediato —dijo—, y si es una falsificación, ambos lo sabremos. Y no creo que pueda haber improvisado una revista falsa en tres días, independientemente de cuántas personas trabajen para usted en Nueva York.

Ahora le tocó reflexionar a Mort, y reflexionó durante un buen rato. Shooter lo esperó.

—Voy a confiar en usted —dijo Mort al fin—. No sé por qué, con seguridad. Tal vez sea porque no tengo muchas razones para vivir en estos días. Pero no voy a confiar en usted sin reservas. Cuando venga aquí, deténgase en el camino de entrada donde pueda verlo y verificar que no está armado. Después, saldré. ¿De acuerdo?

—Está bien.

—Dios nos ayude a los dos.

—Sí, señor. Que me condene si ahora sé con certeza en la que estoy metido... y no es una sensación muy cómoda.

—¿Shooter?

—Aquí estoy.

—Quiero que responda a una pregunta.

Silencio... pero un silencio provocativo, pensó Mort.

—¿Incendió usted mi casa de Derry?

—No —dijo Shooter de inmediato—. Lo estaba vigilando.

—Y Bump —agregó Mort con amargura.

—Escuche —indicó Shooter—. ¿Tiene mi sombrero?
—Sí.
—Lo quiero —dijo Shooter—, de una forma u otra.
Y la línea quedó muerta.
Así nada más.
Mort bajó el auricular lenta y cuidadosamente y regresó al baño —de nuevo sosteniéndose los pantalones— para terminar sus asuntos.

38

Amy *volvió* a llamar, alrededor de las siete, y esta vez Mort pudo hablar con ella con normalidad —como si no estuviese destrozado el baño de la planta alta y no hubiera dos hombres muertos detrás de una pantalla de arbustos en el sendero que llevaba al lago, poniéndose rígidos mientras el crepúsculo se convertía en oscuridad a su alrededor.

Amy había hablado con Fred Evans después de su anterior conversación, dijo, y estaba convencida de que sabía o sospechaba algo acerca del incendio que no les quería decir. Mort trató de tranquilizarla y pensó que había tenido éxito en cierta medida, pero él mismo estaba preocupado. Si Shooter no había iniciado el fuego —y Mort se sentía inclinado a creer que el hombre no mentía respecto a eso— entonces tenía que ser una simple coincidencia... ¿correcto?

No sabía si estaba correcto o no.

—Mort, he estado tan preocupada por ti —dijo Amy de pronto.

Eso lo sacó de sus pensamientos.

—¿Por mí? Yo estoy bien.

—¿Estás seguro? Cuando no reunimos ayer, observé que te veías... tenso —hizo una pausa—. De hecho, pensé que te veías como antes de que tuvieses el... ya sabes.

—Amy, *no* tuve un colapso nervioso.
—Bueno, no —respondió con prontitud—. Pero ya sabes a lo que me refiero. Cuando esa gente del cine se portó de modo tan horrible acerca de *La familia Delacourt*.

Ésa había sido una de las experiencias más amargas de la vida de Mort. Paramount había suscrito una opción por el libro por 75 000 dólares sobre un precio de adquisición de 750 000 dólares —muy buen dinero—. Y habían estado a punto de ejercer la opción cuando alguien había sacado de los archivos un viejo guión, algo llamado *El equipo de la familia,* el cual se parecía lo suficiente a *La familia Delacourt* para que se produjeran temores de problemas legales potenciales. Fue la única vez en su carrera —antes de *esta* pesadilla, de cualquier forma— en que había estado expuesto a la posibilidad de una acusación de plagio. Los ejecutivos terminaron dejando que expirara la opción a última hora. Mort todavía no sabía si en realidad les había preocupado la posibilidad de plagio o simplemente cambiaron de opinión respecto al potencial de su novela como película. Si era cierto que se *habían preocupado,* ignoraba cómo podía *producir* películas un puñado de maricones como ése. Herb Creekmore había obtenido una copia del guión cinematográfico, y Mort sólo había encontrado la similitud más fortuita. Amy estuvo de acuerdo.

La conmoción ocurrió cuando se acercaba a un punto muerto en una novela que había deseado escribir desesperadamente. Al mismo tiempo, se había organizado una breve gira de relaciones públicas para promover la versión en cubierta blanda de *La familia Delacourt*. Todo eso a la vez lo había colocado bajo una gran tensión.

Pero *no* había sufrido un colapso nervioso.

—Estoy bien —insistió, en tono amable. Años antes había descubierto un rasgo conmovedor y sorprendente en Amy: si le hablabas con suficiente amabilidad, se predisponía a creerte cualquier cosa. Con frecuencia había pensado que, si ésta hubiese sido una característica de la raza humana, como lo es mostrar los dientes para indicar enojo o diversión, las guerras se hubiesen acabado desde milenios atrás.

—¿Estás *seguro,* Mort?

—Sí. Avísame si sabes algo más de nuestro amigo de los seguros.

—Lo haré.

Mort hizo una pausa.

—¿Estás en casa de Ted?

—Sí.

—Cómo te sientes respecto a él en estos días?

Amy titubeó, y después dijo, sencillamente:

—Lo amo.

—¡Oh!

—Nunca me vi con otros hombres —manifestó de pronto—. Siempre quise decirte eso. No tuve nada que ver con otros hombres. Pero Ted... él miró por encima de tu nombre y me vio a mí, Mort. Me vio *a mí.*

—Quieres decir que yo no lo hice.

—Lo hacías cuando estabas aquí —dijo. La voz se la oía pequeña y desamparada—. Pero estabas alejado mucho tiempo.

Mort abrió desmesuradamente los ojos, y al instante estuvo dispuesto para la batalla. Una batalla *honrosa.*

—¿Qué? ¡No he salido de gira desde *La familia Delacourt*! ¡Y fue muy *corta*!

—No quiero discutir contigo, Mort —dijo Amy con suavidad—. Debemos dar por terminada esa parte. Sólo trato de decirte que aun cuando estuvieses aquí, estabas alejado mucho tiempo. Tenías tu propia amante, sabes. Tu trabajo era tu amante —su voz era estable, pero Mort percibió lágrimas enterradas en lo más profundo—. Cómo odiaba a esa perra, Mort. Era más bonita que yo, más inteligente que yo, más divertida que yo. ¿Cómo podía competir?

Cúlpame de todo a mí, ¿por qué no? —le preguntó, consternado a darse cuenta de que él mismo estaba al borde de las lágrimas—. ¿Qué querías que hiciera?

¿Convertirme en un maldito plomero? Hubiésemos sido pobres y yo habría estado desempleado. No sabía *hacer* otra jodida cosa, ¿no lo entiendes? ¡Era lo único que *podía hacer*! —Mort había esperado que las lágrimas se hubiesen agotado, por un tiempo, al menos. Pero aquí estaban. ¿Quién había frotado esa horrible lámpara mágica de nuevo? ¿Esta vez había sido él o ella?

—No te estoy culpando. Yo también tengo culpa. Nunca nos habrías encontrado... como nos encontraste... si yo no hubiese sido débil y cobarde. No fue Ted; Ted quería que fuésemos juntos a verte y te lo dijéramos. Siempre me lo pedía. Y yo siempre lo desanimaba. Le decía que no estaba segura. Me decía a mí misma que todavía te amaba, que las cosas volverían a ser como fueron... pero eso nunca sucede, me imagino. Yo...

Amy retuvo el aliento, y Mort se dio cuenta de que ella también estaba llorando.

—Nunca olvidaré la expresión de tu rostro cuando abriste la puerta de esa habitación de motel. La recordaré hasta que me muera.

¡Bien!, quiso gritarle. *¡Bien! ¡Porque tú sólo tuviste que verla! ¡Yo tuve que* usarla*!*

—Tú conocías a mi amante —dijo Mort titubeante—. Nunca te la oculté. La conociste desde el principio.

—Pero nunca supe —respondió Amy— lo profundo que era su embrujo.

—Bien, anímate —dijo Mort—. Parece que ya me abandonó.

Amy estaba llorando.

—Mort, Mort... sólo quiero que vivas y seas feliz. ¿No lo ves? ¿No puedes *hacerlo*?

Lo que había visto era una de sus hombros desnudos junto al hombro desnudo de Ted. Había visto los ojos de ambos, muy abiertos y atemorizados, y el cabello de Ted, que destacaba en un tirabuzón de Alfalfa. Pensó en decirle eso —o intentarlo, de cualquier modo— y renunció. Ya era suficiente. Ya se habían herido bastante el uno al otro. En otra ocasión, tal vez, podrían emprenderla de nuevo. No obstante, Mort deseaba que

Amy no hubiese hablado acerca del colapso nervioso. Él *no* había tenido un colapso nervioso.

—Amy, creo que será mejor que cuelgue.
—Sí... ambos. Ted salió a mostrar una casa, pero volverá pronto. Tengo que preparar la cena.
—Lamento la discusión.
—¿Me llamarás si me necesitas? Aún sigo preocupada.
—Sí —dijo Mort, se despidió y colgó. Permaneció junto al teléfono por un momento, pensando que seguramente estallaría en llanto. Pero pasó. Tal vez ése era el horror real.

Pasaba.

39

La lluvia que caía constante provocaba que se sintiera apático y estúpido. Prendió un pequeño fuego en la estufa de madera, acercó una silla, trató de leer el último número de *Harper's*, pero sólo cabeceaba y se despertaba de repente con el ronquido que producía la tráquea al comprimirse cuando descendía su barbilla. *Debí haber comprado cigarrillos hoy,* pensó. *Unas cuantas fumadas me mantendrían despierto.* Pero no había comprado cigarrillos y, de todos modos, no estaba seguro de que lo mantendrían despierto. No sólo estaba cansado; sufría algo semejante a una conmoción.

Por fin, caminó hasta el sofá, acomodó las almohadas y se recostó. Junto a su mejilla, la lluvia fría repiqueteaba contra el cristal oscuro.

Nada más fue una vez, pensó. *Nada más lo hice una vez.* Y después se quedó profundamente dormido.

40

En su sueño, estaba en el salón de clases más grande del mundo.

Los muros se extendían por kilómetros. Cada escritorio era una colina; las baldosas grises, la interminable planicie que se desplegaba entre ellas. El reloj en el muro era un enorme sol frío. La puerta al pasillo estaba cerrada, pero Morton Rainey podía leer las palabras en el vidrio enguijarrado.

SALA DE REDACCIÓN DEL EQUIPO DE CASA
PROF. DELLACOURT

Lo escribieron mal, pensó Mort, *demasiadas eles.*

Pero otra voz le dijo que no era así.

Mort estaba de pie en la ancha canaleta para la tiza de la gigantesca pizarra. En la mano tenía un trozo de tiza del tamaño de un bat de beisbol. Quería bajar el brazo, el cual le dolía ferozmente, pero no podía. No hasta que hubiese escrito en la pizarra quinientas veces la misma frase: *No le copiaré a John Kintner.* Pensó que ya la había escrito cerca de cuatrocientas veces, pero cuatrocientas veces no era bastante. Era imperdonable robarse el trabajo de un hombre, cuando ese trabajo era todo lo que tenía realmente un hombre. Así que tendría que escribir y escribir y escribir, y no importaba la voz en su mente que intentaba decirle que era un sueño, que el brazo le dolía por otras razones.

La tiza rechinaba de modo monstruoso. El polvo, acre y familiar en cierta forma —tan familiar— se cernía sobre su rostro. Por fin, ya no le fue posible continuar. El brazo cayó a un costado como una bolsa llena de perdigones. Se dio vuelta en la canaleta de tiza y vio que sólo estaba ocupado uno de los escritorios en el enorme salón de clases. El ocupante era un hombre joven con un rostro tipo campirano; el rostro que se espera ver en la parcela norte detrás del trasero de una mula. El cabello castaño claro se le erizaba en puntas en la cabeza. Las manos, también campesinas, aparentemente todas nudillos, estaban dobladas sobre el escritorio ante él. Miraba a Mort con ojos pálidos, absortos.

Te conozco, dijo Mort en el sueño.

En efecto, peregrino, dijo John Kintner en un franco y lento acento sureño. *Pero me armaste mal. Ahora sigue escribiendo. No son quinientas veces, son cinco mil.*

Mort empezó a darse vuelta, pero su pie se resbaló en el borde de la canaleta y, de repente, estaba cayendo hacia adelante, gritando en el aire seco, lleno de tiza, y John Kintner se reía y él...

41

... se despertó en el suelo, con la cabeza casi debajo de la mesa pícara, agarrándose de la alfombra y profiriendo chillidos agudos y lastimeros.

Estaba en el lago Tashmore. No estaba en un misterioso y descomunal salón de clases, sino en el lago... y el amanecer se asomaba nebuloso por el este.

Estoy bien. No fue más que un sueño y estoy bien.

Pero no era verdad. Porque *no había sido* un sueño. John Kintner había sido real. ¿Cómo, en nombre de Dios, pudo olvidarse de John Kintner?

Mort había cursado los estudios superiores en Bates y había obtenido una licenciatura en prosa creativa. Más tarde, cuando hablaba ante un grupo de aspirantes a escritores (una tarea que eludía siempre que le era posible), les decía que esa licenciatura probablemente era el peor error que podía cometer un hombre o una mujer, si él o ella querían dedicarse a escribir ficción como medio de vida.

—Consigan un empleo en la oficina postal —les decía—. A Faulkner le funcionó —y los jóvenes reían. Les gustaba escucharlo, y suponía que era bastante hábil para mantenerlos entretenidos. Eso parecía muy importante, pues dudaba que él, o alguna otra persona, pudiese enseñarles a escribir con creatividad. Sin embargo, siempre se alegraba cuando terminaba la clase o el seminario o el taller. Los chicos lo ponían nervioso. Suponía que la razón era John Kintner.

¿*Era* Kintner de Mississippi? Mort no se acordaba, pero creía que no. Pero si era de algún enclave en el Profundo Sur, de todos modos. Alabama, Louisiana, tal vez los campos al norte de Florida. No lo sabía con seguridad. La universidad Bates era algo muy remoto, del pasado, y en años no había pensado en John Kintner, quien repentinamente un día había abandonado los estudios, por motivos que sólo él sabía.

Eso no es verdad. Anoche pensaste en él.

Soñaste con él, quieres decir, se corrigió Mort a sí mismo de inmediato, pero esa endiablada pequeña voz interior no cedía.

No, antes de eso. Pensaste en él mientras hablabas por teléfono con Shooter.

Mort no quería pensar en eso. *No pensaría* en eso. John Kintner pertenecía al pasado; John Kintner no tenía nada que ver con lo que estaba pasando ahora. Se levantó y caminó tambaleante hacia la cocina en la lechosa luz temprana para prepararse un café cargado. Grandes cantidades de café cargado. Excepto que la pequeña voz endiablada no lo dejaba en paz. Mort miró el juego de cuchillos de cocina de Amy que colgaban de la banda magnética, ye pensó que si pudiera recortar la pequeña voz, intentaría la operación al instante.

Estabas pensando que habías desestabilizado al hombre... que por fin lo habías desestabilizado. Estabas pensando que el cuento se había convertido en el punto central de nuevo, el cuento y la acusación de plagio.

Que el punto era que Shooter te trataba como si fueses un maldito niño de escuela. Como un...

—Cállate —dijo Mort con aspereza—. Cierra la jodida boca.

La voz lo hizo, pero descubrió que de todos modos le era imposible dejar de pensar en John Kintner.

Mientras medía el café con mano temblorosa, pensó en sus protestas constantes, estridentes de que él no había plagiado el cuento de Shooter, que nunca había plagiado *nada*.

Pero lo había hecho, desde luego.

Una vez.

Sólo una vez.

—Pero eso sucedió hace mucho tiempo —susurró—. Y no tiene nada que ver con esto.

Tal vez fuese cierto, pero eso no detuvo sus pensamientos.

42

Había estado cursando los primeros años de estudios superiores, y era el semestre de primavera. Ese semestre la clase de prosa creativa de la que formaba parte se estaba enfocando en el cuento. El profesor era un subjeto llamado Richard Perkins, Jr., quien había escrito dos novelas que habían obtenido críticas muy positivas, pero habían vendido muy pocos ejemplares. Mort había intentado leer una de ellas y concluyó que las críticas buenas y las ventas malas tenían la misma causa como raíz: los libros eran incomprensibles. Pero como profesor, el hombre había sido eficiente —al menos, los había mantenido entretenidos.

En la clase había cerca de una docena de estudiantes. Uno de ellos era John Kintner. Kintner era estudiante de primer año, pero obtuvo un permiso especial para asistir a la clase. Y se lo merecía, suponía Mort. Rústico sureño o no, ese tipo era *valioso*.

El curso requería que cada uno de ellos escribiera seis novelas cortas o tres más largas. Cada semana, Perkins fotocopiaba los trabajos que él consideraba que producirían la discusión más animada y después los repartía al final de la clase. La siguiente semana, los estudiantes debían estar preparados para el análisis y crítica de las obras. Era la forma acostumbrada en que se impartía una clase de ese tipo. Y una semana, Perkins les había entregado un cuento de John Kintner. Se titulaba... ¿*Cómo* se titulaba?

Mort había abierto el grifo del agua para llenar la cafetera, pero ahora se quedó quieto, mirando distraído la niebla más allá de la pared ventana, en tanto oía cómo corría el agua.

Sabes perfectamente bien cómo se titulaba.

"Ventana secreta, jardín secreto."

—¡No es verdad! —gritó malhumorado a la casa vacía. Reflexionaba intensamente, determinado a silenciar de una vez por todas a la endiablada voz pequeña... y de pronto le llegó.

—¡"La milla del abrojo"! —chilló—. ¡El cuento se llamaba "La milla del abrojo", y no tiene *nada* qué ver con *nada*!

Excepto que era una verdad a medias, y no necesitaba que le señalase el hecho la pequeña voz acurrucada en algún lugar en el centro de su adolorida cabeza.

Kintner había entregado tres o cuatro cuentos más antes de que desapareciera en dondequiera que había desaparecido (si le pidieran que adivinara, Mort se habría inclinado por Vietnam —ahí fue donde desapareció la mayoría de los jóvenes al final de la década de los sesenta—). "La milla del abrojo" no había sido el mejor de los cuentos de Kintner... pero era bueno. No cabía duda de que Kintner era el mejor escritor en la clase de Richard Perkins, Jr. Perkins trataba al chico como un igual, y en la estimación no tan humilde de Mort Rainey, ese trato estaba justificado, ya que él pensaba que Kintner era un poco *mejor* que Richard Perkins, Jr. Y viéndolo bien, Mort creía que *él* había sido mejor.

¿Pero él era mejor que *Kintner*?

—No —dijo en voz baja, mientras encendía la cafetera—. Yo fui el segundo.

Sí. Había sido el segundo, y odiaba ese hecho. Sabía que la mayoría de los estudiantes que tomaban el curso de prosa sólo lo hacían como pasatiempo, en respuesta a un capricho antes de renunciar a los entretenimientos intrascendentes y dedicarse al estudio de lo que constituiría el medio de ganarse la vida. En años posteriores, la prosa creativa que escribiría esa mayoría consistiría en artículos de contribución para las páginas del Calendario de la Comunidad en los periódicos locales, o el texto de publicidad de detergentes para platos Bright Blue Breeze. Mort se había inscrito en la clase de Perkins confiado en que sería el mejor, porque siempre había sido esa su posición. Por ese motivo, John Kintner había representado una sacudida desagradable.

Recordaba que una vez había tratado de hablar con el chico... pero Kintner, quien sólo participaba en la clase cuando se le pedía, había demostrado que era casi incapaz de expresarse. Cuando hablaba en voz alta, musitaba y daba traspiés como un pobre chico blanco parcelero, cuya educación se había detenido a nivel de cuarto grado. Aparentemente, la única voz que tenía era su prosa.

Y se la robaste.

—Cállate —murmuró—. Cállate.

Tú eras el segundo y odiabas ese puesto. Te alegraste cuando se fue, porque entonces podrías ser el primero de nuevo. Como siempre lo habías sido.

Sí. Cierto. Y un año después, cuando se preparaba para graduarse, había estado limpiando el armario posterior del sórdido apartamento que compartía con dos estudiantes más, y se había encontrado una pila de copias del curso de prosa de Perkins. En el fajo sólo estaba uno de los cuentos de Kintner. Dio la casualidad que fue "La milla del abrojo".

Recordaba que había leído el cuento sentado en el tapete raído y oloroso a cerveza del dormitorio, y habían vuelto los antiguos celos.

Tiró a la basura las otras copias, pero se llevó consigo ese cuento... por razones que no estaba seguro que deseara examinar estrechamente.

En el segundo año de estudios, Mort había enviado un cuento a una revista literaria llamada *Aspen Quarterly*. Se lo devolvieron con una nota que decía que los dictaminadores lo habían considerado muy bueno, "aunque el final era un tanto insípido". La nota, la cual Mort estimó tanto indulgente como tremendamente emocionante, lo invitaba a presentar más material.

Durante los dos años siguientes envió cuatro cuentos más. No se le aceptó ninguno, pero cada uno de los formatos de rechazo iba acompañado con una nota personal. Mort sufrió la agonía del escritor que nunca ha publicado, la del optimismo alternado con un profundo pesimismo. Había días en que estaba seguro de que la aceptación de su obra en *Aspen Quarterly* sólo era cuestión de tiempo. Y tenía días en que estaba convencido de que todo el personal editorial —los asquerosos hombres con cuello de lápiz al unísono— estaba jugando con él, burlando en la forma en que uno se puede burlar de un perro hambriento, deteniendo un trozo de carne sobre su cabeza para después alejarla cuando salta para atraparla. A veces se imaginaba a uno de ellos sosteniendo uno de sus manuscritos, recién salido del sobre de papel manila mientras gritaba: "¡Aquí está otro de ese bobalicón de Maine! ¿Quién quiere escribir la carta esta vez?" Y todos ellos reían a carcajadas, tal vez incluso rodaban en el piso bajo los cartelones de Joan Baez y Moby Grape en el Fillmore.

La mayor parte de los días, Mort no se abandonaba a esta especie de paranoia triste. Comprendía que era bueno, sólo era cuestión de tiempo. Y ese verano, durante el cual trabajó como mesero en un restaurante de Rockland, recordó el cuento de John Kintner. Era probable que siguiera en el baúl, dando patadas en el fondo. Tuvo una idea repentina. ¡Le cambiaría el título y enviaría "La milla del abrojo" a *Aspen Quarterly*, con su propio nombre! Recordaba que había pensado que sería una buena broma, aunque viéndolo en retrospectiva, no podía imaginarse en qué consistía la broma.

Sí *recordaba* que no había tenido la intención de que se *publicara* el cuento bajo su propio nombre... o, si ésa había sido su intención en un nivel más profundo, no había estado consciente de ello. En el caso improbable de una aceptación, retiraría el cuento, con el pretexto de que quería afinarlo más. Y si lo rechazaban, al menos encontraría cierto alivio en la idea de que John Kintner tampoco era bastante bueno para *Aspen Quarterly*.

Por tanto, había enviado el cuento.

Y lo habían aceptado.

Y él había *permitido* que lo aceptaran.

Y recibió un cheque por veinticinco dólares. "Como honorarios", señalaba la carta acompañante.

Y después lo habían publicado.

Y Morton Rainey, agobiado con una culpa tardía por su acción, un día había hecho efectivo el cheque y había metido los billetes en el cepo de limosnas para los pobres de la iglesia de Santa Catarina en Augusta.

Pero la culpa no había sido su *único* sentimiento. Oh, no.

Mort se sentó a la mesa de la cocina con la cabeza apoyada en una mano, en espera de que se filtrara el café. Le dolía la cabeza. No quería que persistiera el recuerdo de John Kintner y el cuento de John Kintner. Lo que había hecho con "La milla del abrojo" había sido uno de los actos más vergonzosos de su vida; ¿era realmente sorprendente que lo hubiera enterrado por tantos años? Deseaba que le fuera posible volver a enterrarlo. Éste, después de todo, iba a ser un día importante —tal vez el más importante de su vida. Tal vez el *último* de su vida, incluso. Debería pensar en que tenía que ir a la oficina postal. Debería pensar en su confrontación con Shooter, pero su mente se resistía a olvidar esa época tan triste.

Cuando había visto la revista, la *revista* real con su nombre en el cuento de John Kintner, se sintió como un hombre que despierta de un horrible episodio de sonambulismo, una excursión inconsciente en la cual había cometido un acto irrevocable. ¿Por qué había permitido que llegara tan *lejos*? Se suponía que era una *broma,* por Dios santo, sólo una pequeña *broma.*

Pero *había* permitido que llegara hasta ese punto. El cuento se había publicado, y por lo menos una docena de personas en el mundo sabían que no era suyo —incluyendo a Kintner mismo—. Y si uno de ellos tomaba por casualidad *Aspen Quarterly...*

Mort no se lo dijo a nadie —desde luego—. Se limitó a esperar, enfermo de terror. El final de ese verano y el principio del otoño, durmió y comió muy poco; adelgazó y sombras oscuras se rozaban unas contra otras bajo sus ojos. Cada vez que sonaba el teléfono, el corazón le percutía como un martillo mecánico. Si la llamada era para él, se acercaba al instrumento arrastrando los pies, con un sudor frío en la frente, seguro de que sería Kintner, y que las primeras palabras que saldrían de la boca de Kintner serían: *Tú te robaste mi cuento, y se tiene que hacer algo al respecto. Creo que empezaré por decirle a todo el mundo la clase de ladrón que eres.*

Lo más increíble era esto: él lo había *sabido*. Había *conocido* la posibles consecuencias que tendría una acción como ésa en un joven que espera labrarse una carrera como escritor. Era como jugar a la ruleta rusa con una bazuka. Sin embargo... sin embargo...

Pero cuando el otoño se deslizó sin incidentes, empezó a relajarse un poco. Un nuevo número ya había remplazado *el* ejemplar de *Aspen Quarterly. Ese* ejemplar ya no estaba en las mesas de las salas de publicaciones periódicas en las bibliotecas de todo el país; había quedado oculto en un rimero o transferido a una microficha. Todavía podría causarle problemas —suponía desolado que tendría que vivir el resto de su vida con esa posibilidad— pero, en la mayoría de los casos, ojos que no ven, corazón que no siente.

Más tarde, en noviembre de ese año, le llegó una carta de *Aspen Quarterly*.

Mort la sostuvo en las manos, viendo su nombre en el sobre, con un temblor en todo el cuerpo. Los ojos se le llenaron con un líquido que era demasiado caliente y corrosivo para que fueran lágrimas, y el sobre se duplicó primero, y después se triplicó.

Me atraparon. Me atraparon. Quieren que responda a una carta que recibieron de Kintner... o Perkins... o uno de los demás en la clase. Estoy atrapado.

Entonces había pensado en el suicidio —con toda calma y racionalidad—. Su madre tenía píldoras para dormir. Eso es lo que usaría. Un tanto tranquilizado con esta perspectiva, abrió el sobre y sacó una hoja membretada.

La sostuvo doblada en la mano durante un largo rato y consideró quemarla sin verla siquiera. No estaba seguro de que soportaría ver la acusación destacada frente a él. Pensaba que lo haría perder la razón.

Adelante, maldita sea... mira. Lo menos que puedes hacer es ver las consecuencias. Es posible que no tengas la capacidad para soportarlas, pero por Dios que puedes verlas.

Desdobló la carta.

Estimado Mort Rainey:

Su cuento corto, "El ojo del cuervo" fue objeto de un entusiasta recibimiento. Lamento el retraso de esta carta de seguimiento, pero, francamente, *esperábamos* noticias *suyas*. Durante los años, ha sido tan persistente en sus presentaciones que su silencio, ahora que por fin "lo ha logrado", es un poco desconcertante. Si no fue de su agrado la forma en que se manejó su cuento —composición tipográfica, diseño, colocación, etc.—, esperamos que nos lo haga saber. Mientras tanto, ¿qué hay acerca de otro cuento?

Respetuosamente,
Charles Palmer
Editor adjunto

Mort había leído la carta dos veces, y luego rompió en roncos estallidos de risa en la casa, la cual afortunadamente estaba vacía. Había oído la expresión desternillarse de risa, y seguramente era esto —sentía que si no se detenía pronto, *estallarían* sus costados y sus entrañas se esparcirían por el piso—. ¡Había estado decidido a suicidarse con las píldoras para dormir de su madre, y ellos querían saber si estaba molesto por la tipografía del cuento! ¡Había esperado que su carrera estuviese arruinada antes de que empezara por completo, y querían más! *¡Más!*

Se rió —aulló, en realidad— hasta que la risa desternillante se convirtió en lágrimas histéricas. Después se sentó en el sofá, releyó la carta de Charles Palmer y lloró hasta que rió de nuevo. Al cabo, fue a su dormitorio y se recostó con las almohadas acomodadas detrás de él, como le gustaba, y luego se quedó dormido.

Había salido impune. Ése era el resultado. Salió impune de este caso, y nunca había hecho algo ni remotamente parecido de nuevo, y había ocurrido cerca de mil años antes, ¿por qué ahora regresaba a perseguirlo?

Desconocía la razón, pero se proponía reprimir cualquier pensamiento al respecto.

—Y ahora mismo, también —le dijo a la habitación vacía, y caminó con energía hacia la cafetera, tratando de ignorar el dolor de cabeza.

Tú sabes por qué piensas en eso ahora.

—Cállate —habló con un tono de conversación que era un tanto alegre... pero sus manos temblaban cuando tomó la Silex.

Algunas cosas no se pueden ocultar para siempre. Es posible que estés enfermo, Mort.

—Cállate, te estoy advirtiendo —dijo en el alegre tono coloquial.

Es posible que estés muy enfermo. De hecho, podrías sufrir un colapso ner...

—¡*Cállate!* —gritó, y arrojó la Silex con toda su

fuerza. La cafetera voló sobre el gabinete de la cocina, atravesó la habitación, dando vueltas en el camino, se estrelló en la pared ventana, se hizo pedazos y cayó muerta al piso. Mort miró la pared ventana y vio una larga grieta plateada que zigzagueaba hasta la parte superior. Empezaba en el lugar donde había golpeado la Silex. Se sentía muy semejante a un hombre que puede tener una grieta similar que le atraviesa la mitad del cerebro.

Pero se había callado la voz.

Caminó impávido hasta el dormitorio, tomó el reloj despertador y volvió a la sala. Mientras caminaba, puso la alarma a las diez treinta. A las diez treinta saldría a la oficina postal, recogería el paquete de Federal Express y procedería imperturbable a la desaparición de esta pesadilla.

Sin embargo, entre tanto, dormiría un rato.

Dormiría en el sofá, donde siempre dormía mejor.

—*No* estoy sufriendo un colapso nervioso —le susurró a la pequeña voz, pero la pequeña voz se negó a participar en la discusión. Mort pensó que era posible que hubiese atemorizado a la pequeña voz. Ojalá fuese así, porque la pequeña voz lo había asustado *a él* sin duda alguna.

Sus ojos tropezaron con la grieta plateada en la pared ventana y la recorrieron sombríos. Pensó en el recurso de la llave de la camarera. En que la habitación había estado oscura y que su visión había necesitado unos momentos para adaptarse. Los hombros desnudos de ambos. Los ojos aterrorizados de ambos. Había gritado, no recordaba qué —y nunca se había atrevido a preguntárselo a Amy— pero debió haber sido alguna mierda espeluznante, a juzgar por la expresión en el rostro de ambos.

Si existía la probabilidad de que sufriera un colapso nervioso, pensó, mirando lo relampagueantemente absurdo de la grieta, *ésa hubiese sido la ocasión ideal. Diablos, esa carta de* Aspen Quarterly *no había sido nada en comparación con el hecho de abrir la puerta de la habitación de un motel y encontrarte a tu esposa con*

*otro hombre, un mañoso vendedor de bienes raíces de
algún pequeño pueblo de mierda en Tennessee...*

Mort cerró los ojos, y si los abrió de nuevo se debió
a que otra voz clamaba estridente. Ésta pertenecía al
despertador. La niebla se había disipado, el sol brillaba
y era hora de ir a la oficina postal.

43

En el camino, de repente se sintió seguro de que Federal Express ya había llegado y se había ido... y Juliet estaría con el rostro sin maquillaje asomado por la ventanilla, y negaría con la cabeza al informarle que no había recibido nada para él, lo siento. ¿Y su prueba? Se habría evaporado como humo. Esta sensación era irracional —Herb era un hombre responsable que no hacía promesas si no estaba seguro de que las cumpliría— pero era demasiado fuerte para ignorarla.

Con un gran esfuerzo de voluntad, bajó del auto y caminó desde la puerta de la oficina postal hasta la ventanilla donde Juliet Stoker estaba de pie, clasificando una correspondencia que parecía, por lo menos, de mil kilómetros de largo.

Cuando se acercó a la ventanilla, trató de hablar y no salieron las palabras. Sus labios se movieron, pero la garganta estaba demasiado seca para emitir sonidos. Juliet lo miró y retrocedió un paso. Se veía alarmada. Si bien, no tan alarmada como se habían visto Amy y Ted cuando él abrió la puerta de la habitación y les apuntó con la pistola.

—¿Señor Rainey? ¿Se siente bien?

Mort se aclaró la garganta.

—Perdón, Juliet. Me falló la garganta por un segundo.

—Está usted muy pálido —dijo, y Mort pudo oír en

su voz ese tono que usaba un buen número de los residentes de Tashmore cuando hablaban con él; era una especie de orgullo, pero contenía un trasfondo de irritación y aire de protección, como si fuese un niño prodigio y necesitara cuidados y alimentación especiales.

—Algo que comí anoche, me imagino —dijo Mort—. ¿Me dejó algo Federal Express?

—Ni una sola cosa.

Se aferró desesperadamente a la cara inferior del mostrador, y por un momento creyó que se desmayaría, aunque casi de inmediato entendió que no era eso lo que había dicho.

—¿Perdón?

Juliet ya se había dado la vuelta; su robusto trasero campesino quedaba frente a él mientras revolvía entre algunos paquetes en el piso.

—Dije sólo una cosa —respondió, y luego volvió a la ventanilla y deslizó el paquete sobre el mostrador. Mort observó que la dirección del remitente era *Revista de Misterio de Ellery Queen* en Pennsylvania, y sintió que lo inundaba el alivio. Se sentía igual a cuando se vierte agua fría en una garganta seca.

—Gracias.

—Por nada. Sabe, la oficina postal haría una buena *pataleta* si supiera que manejamos la correspondencia de Federal Express.

—Bueno, lo aprecio profundamente —dijo Mort. Ahora que tenía la revista, sentía la necesidad de irse, de volver a la casa. Esta necesidad era tan intensa que casi era instintiva. No sabía por qué, faltaba una hora y cuarto para el mediodía, pero ahí estaba. En su angustia y confusión, pensó en darle una propina a Juliet para que se callara... y *eso* hubiera ocasionado que su alma, yanqui hasta las raíces, se elevara en un clamor.

—¿No se los dirá, verdad? —preguntó con aire de complicidad.

—De ningún modo —respondió y consiguió formar una semisonrisa.

—Bien —dijo Juliet Stoker, y sonrió—. Porque yo vi lo que hizo.

Mort se detuvo junto a la puerta.

—¿Perdón?

—Dije que sabría que lo hizo, porque me fusilarían de seguro —repitió y lo miró fijamente—. Debe irse a casa y recostarse, señor Rainey. No se ve bien, de verdad.

Siento como si hubiese pasado recostado los últimos tres días, Juliet... es decir, el tiempo que no me pasé golpeando cosas.

—Sí —dijo Mort—, tal vez no es una mala idea. Todavía me siento débil.

—Es probable que haya atrapado un virus que anda por ahí.

En eso entraron las dos mujeres de Camp Wigmore —las que todo el pueblo sospechaba que eran lesbianas, si bien, discretas— y Mort logró escaparse. Se sentó en el Buick con el paquete azul sobre las piernas, molesto por la forma en que todo el mundo le decía que se veía enfermo, disgustado por la forma en que había disminuido el funcionamiento de su mente.

No importa. Casi termina.

Empezaba a abrir el sobre cuando salieron las damas de Camp Wigmore y lo miraron. Juntaron las cabezas. Una de ellas sonrió. La otra rió en voz alta. Mort súbitamente decidió que esperaría hasta que regresara a casa.

44

Estacionó el Buick a un lado de la casa, en el lugar acostumbrado, apagó la ignición... y una suave penumbra le nubló la visión. Cuando se disipó, se sintió extraño y atemorizado. ¿Tendría algún trastorno, en efecto? ¿Algo físico?

No —sólo estaba bajo tensión, decidió.

Escuchó un ruido —o pensó que lo había oído— y miró rápidamente a su alrededor. Nada. *Controla tus nervios,* se dijo a sí mismo con voz trémula. *Eso es todo lo que tienes que hacer —controlar tus jodidos nervios.*

Y en eso pensó: *Yo tenía una pistola. Ese día. Pero no estaba cargada. Se los dije más tarde. Amy me creyó. No sé si Milner también, pero Amy sí me creyó, y...*

¿Fue así, Mort? ¿Estaba descargada, realmente?

Pensó de nuevo en la grieta en la pared ventana, un absurdo relámpago zigzagueando a través de las circunstancias. *Así es como sucede,* pensó. *Así es como sucede en la vida de una persona.*

Luego miró el paquete de Federal Express. En *esto* era en lo que debería estar pensando, no en Amy y el señor Ted Bésame-el-trasero de Shooter's Knob, Tennessee, sino en *esto*.

La solapa del sobre estaba medio abierta —todo el mundo era descuidado en estos días. Tiró de ella y sacudió el sobre para que cayera la revista sobre sus piernas. *Revista de Misterio de Ellery Queen,* decía el logotipo en brillantes letras rojas. Bajo eso, en tipo mucho más pequeño, *Junio de 1980.* Y debajo, los nombres de algunos de los escritores que figuraban en ese número. Edward D. Hoch. Ruth Rendell. Ed McBain. Patricia Highsmith. Lawrence Block.

Su nombre no aparecía en la portada.

Bueno, por supuesto. En aquel entonces apenas se le conocía como escritor, y menos aún como escritor del género de misterio; "Temporada de siembra" había sido pionera. Los editores lo habían omitido porque su nombre no hubiese significado nada para los lectores asiduos de la revista. Dio vuelta a la portada.

Debajo de ella, no había página de contenido.

La página de contenido había sido recortada.

Hojeó frenético la revista, la dejó caer una vez y la recogió con un pequeño gemido. En la primera hojeada no encontró el corte, pero en la segunda pasada se dio cuenta de que faltaban páginas, de la 83 a la 97.

—*¡Lo recortaste!* —gritó. Gritó con tanta fuerza que los globos de los ojos casi se saltaban de las órbitas. Empezó a golpear el volante del Buick con el puño, una y otra y otra vez. La bocina sonó y resonó—. *¡Lo recortaste, hijo de puta! ¿Cómo lo hiciste? ¡Lo recortaste! ¡Lo recortaste! ¡Lo recortaste!*

45

Estaba a mitad del camino a la casa cuando la pequeña voz devastadora le preguntó cómo podría haberlo hecho Shooter. El sobre había llegado por Federal Express desde Pennsylvania, y Juliet lo había recibido, así que cómo, cómo en nombre de Dios...

Se paró en seco.

Bien, había dicho Juliet. *Porque yo vi lo que hizo.*

Eso era; eso lo explicaba. Juliet estaba metida en esto. Excepto...

Excepto que Juliet siempre había estado en Tashmore.

Excepto que no fue eso lo que dijo. No había sido más que su imaginación. Una pequeña flatulencia paranoide.

—Sin embargo, lo está haciendo —dijo Mort. Entró a la casa, y una vez que estuvo del otro lado de la puerta, lanzó la revista lo más fuerte que pudo. Voló como un pájaro sobresaltado, las páginas aleteando y aterrizó en el piso con un palmetazo—. Oh, sí, apuesta lo que quieras, apuesta el jodido *culo,* lo está haciendo. Pero no tengo que sentarme a esperarlo. Yo...

Vio el sombrero de Shooter. El sombrero de Shooter estaba caído en el piso frente a la puerta del estudio.

Mort permaneció inmóvil por un momento, el corazón como un trueno en sus oídos, y después caminó hasta la chimenea con grandes pasos en puntillas, como de caricatura. Sacó el atizador de la pequeña rejilla de utensilios, hizo una mueca cuando la punta del atizador resonó suavemente contra la pala de cenizas. Tomó el atizador y se dirigió cauteloso a la puerta cerrada, sosteniendo el atizador como lo sostuvo antes de irrumpir en el cuarto de baño. Tuvo que rodear la revista que había lanzado al piso.

Se acercó a la puerta y se detuvo frente a ella.

—¿Shooter?

No hubo respuesta.

—Shooter, más vale que salga por su propia voluntad. ¡Si me obliga a entrar y sacarlo, nunca volverá a salir de ninguna parte por su propia voluntad!

Aún no hubo respuesta.

Esperó un momento más, dándose valor a sí mismo (pero sin sentirse completamente seguro del éxito del empeño), y después giró la perilla. Empujó la puerta con el hombro y se precipitó al interior, gritando, blandiendo el atizador...

Y la habitación estaba vacía.

Pero Shooter había estado ahí, sin duda. La unidad del procesador de palabras de Mort yacía en el suelo, la pantalla un ojo fijo destrozado. Shooter lo había matado. En el escritorio, en el lugar de la unidad, estaba un vieja máquina de escribir Royal. Las superficies de acero de este dinosaurio estaban opacas y polvosas. Apoyado sobre el teclado, estaba un manuscrito. El manuscrito de Shooter, el que había dejado bajo una roca en el pórtico mil años antes.

Era "Ventana secreta, jardín secreto."

Mort dejó caer al piso el atizador. Caminó hacia la máquina de escribir como hipnotizado y tomó el manuscrito. Hojeó lentamente las páginas y comprendió por qué la señora Gavin había estado tan segura de que era de él... tan segura como para rescatarlo de la basura. Tal vez no lo había sabido *conscientemente*, pero sus ojos habían reconocido la tipografía irregular. ¿Y por qué no? Durante años había visto manuscritos semejantes a "Ventana secreta, jardín secreto". El procesador de palabras *Wang* y el impresor láser *System Five* eran recién llegados relativamente. La mayor parte de su carrera como escritor había usado esta vieja Royal. Los años casi la habían desgastado, y ahora era un triste caso —cuando se tecleaba en ella, producía letras tan torcidas como los dientes de un anciano.

Pero aquí había estado todo el tiempo —oculta en el fondo del armario del estudio, detrás de pilas de galeras y manuscritos viejos... lo que los editores llamaban "material inútil". Shooter debió habérsela robado, mecanografió el manuscrito en ella y después la devolvió a hurtadillas, cuando Mort salió a la oficina postal. Claro. Eso tenía sentido, ¿no era así?

No, Mort. No tiene sentido. ¿Te gustaría hacer algo que tenga sentido? Llama a la policía entonces. Eso sí tiene sentido. Llama a la policía y diles que vengan y te encierren. Diles que vengan pronto, antes de que puedas causar más daños. Diles que actúen antes de que mates a alguien más.

Mort dejó caer las páginas con un gran grito desgarrador y éstas oscilaron lentamente a su alrededor, mientras la verdad penetraba en él de golpe, como el rayo mellado de un relámpago plateado.

46

John Shooter no *existía*.

Nunca había existido.

—No —dijo Mort. De nuevo daba vueltas de un lado a otro por la sala. La jaqueca iba y venía en oleadas de dolor —. No, no acepto eso. No lo acepto en *absoluto*.

Pero su aceptación o rechazo no significaba gran diferencia. Ahí estaban todas las piezas del rompecabezas, y en cuanto vio la vieja máquina de escribir Royal, empezaron a unirse al vuelo. Ahora, quince minutos más tarde, *todavía* volaban para unirse y parecía que él carecía del poder para separarlas.

La imagen que volvía constante a él, era la del encargado de la estación de gasolina en Mechanic Falls cuando vio que usaba un enjugador de goma para lavar el parabrisas. Un espectáculo que nunca creyó que volvería a presenciar en su vida. Más tarde, supuso que el chico se había esmerado en el servicio porque había reconocido a Mort, y le gustaban los libros de Mort. Tal vez fue así, pero el parabrisas estaba *muy sucio*. El verano ya había pasado, pero si conducías una gran distancia y a alta velocidad por los caminos secundarios, todavía se salpicaba el parabrisas con bastante basura. Y él debió haber usado los caminos secundarios. Debió haber viajado a Derry de ida y vuelta, en un tiempo récord, deteniéndose únicamente lo suficiente para incendiar la casa. Ni siquiera se había detenido para cargar gasolina al regreso. Después de todo, tenía que ir a algunos sitios, y gatos que matar, ¿no fue así? Ocupado, ocupado, ocupado.

Se detuvo en el centro de la habitación y se dio vuelta para mirar la pared ventana.

—Si yo hice todo eso, ¿por qué no lo recuerdo? —le preguntó a la grieta plateada en el cristal—. ¿Por qué no lo recuerdo, ni siquiera *ahora*?

No lo sabía... pero *entendía* de dónde había surgido el nombre. Una mitad del hombre sureño cuya historia se había robado en la universidad; la otra mitad del hombre que le había robado la esposa. Era como un chiste estrafalario para iniciados en la literatura.

Dice que lo ama, Mort. Dice que lo ama ahora.

—Al carajo. Un hombre que se acuesta con la esposa de otro hombre es un ladrón. Y la mujer, su cómplice.

Miró desafiante a la grieta.

La grieta no dijo nada.

Tres años antes, Mort había publicado una novela llamada *La familia Delacourt*. La dirección del remitente en el cuento de Shooter, había sido Dellacourt, Mississippi. Era...

Corrió de pronto hacia las enciclopedias en el

estudio, resbalándose y casi cayéndose, en su prisa, sobre la confusión de páginas esparcidas en el piso. Sacó el volumen de la M, y al fin localizó el rubro de Mississippi. Recorrió con el dedo tembloroso la lista de ciudades —ocupaba una página completa— esperando en contra de la esperanza.

Nada.

No había Dellacourt o Delacourt, Mississippi.

Pensó en buscar Perkinsburg, el pueblo donde Shooter le dijo que había comprado un ejemplar de cubierta blanda de *Todo el mundo critica* antes de subirse al autobús de Greyhound, y después cerró la enciclopedia. ¿Para qué molestarse? Era posible que hubiese un Perkinsburg en Mississippi, pero aunque así fuera, no significaría nada.

El nombre del novelista que impartía la clase donde Mort conoció a John Kintner había sido Richard Perkins, Jr. *De ahí* provenía el nombre.

Sí, pero no recuerdo nada de esto, ¿cómo...?

Oh, Mort, se lamentó la pequeña voz. *Estás muy enfermo. Eres un hombre muy enfermo.*

—No acepto eso —dijo de nuevo, horrorizado ante la vacilante debilidad de su voz, ¿pero qué otra alternativa quedaba? ¿No había pensado una vez que casi era como, si estando dormido, hiciera cosas, diera pasos irrevocables?

Tú mataste a los dos hombres, susurró la pequeña voz. *Mataste a Tom porque él sabía que estabas solo ese día, y mataste a Greg para que no pudiera averiguarlo con certeza. Si únicamente hubieses asesinado a Tom, Greg habría llamado a la policía. Y no querías eso. NO LO PODÍAS permitir. No hasta que terminara este horrible cuento que has estado relatando. Estabas tan adolorido cuando te levantaste ayer. Tan entumecido y adolorido. Pero el que hubieses roto la puerta del baño y destrozado el casillero de la ducha no era la única causa, ¿verdad? Tuviste otras actividades. Tenías que ocuparte de Tom y Greg. Y acertaste respecto a cómo se movieron los vehículos... pero TÚ fuiste quien llamó a Sonny Trotts y fingiste que eras Tom. Un hombre recién llegado al pueblo desde Mississippi no sabría que Sonny es un poco sordo, pero TÚ SÍ. ¡Tú los mataste, Mort, tú* MATASTE *a esos hombres!*

—¡No acepto que lo haya hecho! —vociferó—. ¡Todo forma parte de su plan! ¡Esto es parte de su juego! ¡Su juego mental! Y yo no... yo no lo acepto...

Basta, susurró la pequeña voz dentro de su cabeza, y Mort se quedó callado.

Durante un momento, reinó un silencio total en ambos mundos: el del interior de su cabeza y el del exterior.

Y después de un intervalo, la pequeña voz preguntó en tono bajo: *¿Por qué lo hiciste, Mort? ¿Este episodio complicado y homicida? Shooter insistía en que quería un cuento, pero Shooter* NO *existe. ¿Qué quieres tú, Mort? ¿*PARA QUÉ *creaste a John Shooter?*

En eso, desde el exterior, llegó el sonido de un auto que descendía por el camino de entrada. Mort miró el reloj y vio que las manecillas señalaban directamente al mediodía. Un resplandor de triunfo y alivio rugió a través de él, como llamas que se disparan por el tiro de una chimenea. Que tuviese la revista, pero no la prueba, no era importante. La posibilidad de que Shooter lo matara no era importante. Moriría feliz, sabiendo que sí *existía* un John Shooter y que él no era responsable de los horrores que había estado considerando.

—¡Aquí está! —exclamó jubiloso, y salío corriendo del estudio. Agitó las manos desaforado sobre la cabeza y, en realidad, dio una cabriola al dar vuelta en la esquina y llegar al vestíbulo.

Se detuvo, asomándose al camino de entrada delante del techo en declive del gabinete de la basura, donde había estado clavado Bump. Sus manos cayeron lentamente a sus costados. Un horror terrible se deslizó sobre su cerebro. No, no *sobre* su cerebro; le invadió, como si una mano despiadada estuviese tirando de una pantalla. La última pieza cayó en su lugar. Momentos antes, en el estudio, se le había ocurrido que había creado un asesino fantástico porque carecía del valor para suicidarse. Ahora comprendió que Shooter había dicho la verdad cuando afirmó que nunca mataría a Mort.

No era la furgoneta imaginaria de John Shooter, sino el pequeño y sensato Subaru de Amy el que se acercaba. Amy venía detrás del volante. Ella se había robado su amor, y una mujer que te roba el amor cuando ese amor es todo lo que puedes dar realmente, no vale mucho como mujer.

Mort la amaba, de todas formas.

Era *Shooter* quien la odiaba. Era *Shooter* quien se proponía asesinarla y enterrarla junto al lago, cerca de Bump, donde en poco tiempo sería un misterio para ambos.

—Vete, Amy —susurró con la voz paralizada de un hombre muy anciano—. Vete antes de que sea demasiado tarde.

Pero Amy descendió del auto, y cuando cerró la portezuela tras ella, la mano bajó toda la pantalla en la cabeza de Mort, y quedó en la más completa oscuridad.

47

Amy trató de abrir la puerta y encontró que no estaba cerrada con llave. Entró, empezó a llamar a Mort, y en seguida se calló. Miró a su alrededor, los ojos muy abiertos, sorprendida.

La casa era un desastre. El bote de basura estaba lleno y se había derramado por el suelo. Unas cuantas perezosas moscas de otoño se arrastraban hacia adentro y hacia afuera de un molde de aluminio abandonado en el rincón. Podía oler comida rancia y aire mohoso. Pensó que incluso olía a alimentos descompuestos.

—¿Mort?

Nos hubo respuesta. Se adentró más en la casa, con pasos cortos, insegura de si quería ver el resto del lugar. La señora Gavin había estado sólo tres días antes

—¿cómo se habían desbocado así las cosas desde entonces? ¿Qué había sucedido?

Durante el último año de su matrimonio, Amy había estado preocupada por Mort, pero desde el divorcio, la preocupación había aumentado. La preocupación y, desde luego, la culpabilidad. A ella le angustiaba su parte de culpa, y suponía que siempre sería así. Pero Mort nunca había sido fuerte... y su mayor debilidad era la obstinada (y algunas veces histérica) negativa a reconocer los hechos. Esta mañana se le oía como un hombre al borde del suicidio. Y la única razón por la que había atendido su advertencia de que Ted no la acompañara, se debió a que pensaba que la presencia de éste podría provocar que Mort estallara, si realmente estaba balanceándose en el extremo de ese acto.

La idea del asesinato nunca había cruzado por su mente ni la cruzaba ahora. Ni siquiera había sentido miedo cuando apuntó la pistola hacia ellos esa horrible tarde en el motel. No de *eso*. Mort no era un asesino.

—¿Mort? M...

Dio vuelta al gabinete de la cocina y enmudeció. Clavó la vista en la gran sala con los ojos casi desorbitados, perplejos. Por todas partes había papeles esparcidos en desorden. Parecía como si en algún punto, Mort hubiese exhumado cada copia de cada manuscrito que guardaba en los cajones del escritorio y los archiveros, y hubiese derramado las páginas como confeti en una celebración oscura del Año Nuevo. En la mesa estaban apilados platos sucios. La Silex yacía destrozada en el piso junto a la pared ventana, la cual estaba agrietada.

Y en todas partes, en todas partes, en todas partes, estaba una palabra. La palabra era SHOOTER.

En las pareses se había escrito SHOOTER con tizas de colores que debió haber sacado del cajón de artículos de arte de Amy. SHOOTER aparecía pintado dos veces en la ventana con lo que se veía como crema batida seca, y sí, bajo la estufa estaba una lata de Redi-Whip en aerosol. SHOOTER estaba escrito una y otra vez sobre la cubierta de la cocina con tinta, en los postes de madera

de la terraza en el extremo opuesto de la casa, con lápiz
—en una ordenada columna como suma, que bajaba en
línea recta y decía SHOOTER SHOOTER SHOOTER SHOOTER.

Lo peor de todo, la palabra había sido tallada en la
superficie pulida de madera de cerezo de la mesa, con
grandes letras melladas de casi un metro de largo, como
una grotesca declaración de amor: SHOOTER.

El desarmador que había usado para esto último
estaba sobre una silla cercana. Había una materia roja
en la hoja de acero —una mancha de la madera de
cerezo, supuso.

—¿Mort? —susurró Amy, mirando a su alrededor.

Ahora la atemorizaba la idea de que lo encontraría
muerto por su propia mano. ¿Y dónde? En el estudio,
por supuesto. ¿Dónde más? Mort había vivido ahí los
episodios más importantes de su vida; seguramente
había elegido morir ahí.

Si bien no tenía ningún deseo de entrar, ningún deseo
de ser ella quien lo encontrara, los pies la llevaron en
esa dirección. En el camino, con el pie quitó del paso el
ejemplar de la *Revista de Misterio de Ellery Queen* que
había enviado Herb Creekmore. No miró hacia abajo.
Llegó a la puerta del estudio y la empujó lentamente.

48

Mort estaba frente a la antigua máquina de escribir
Royal; la unidad de pantalla y tablero del procesador de
palabras yacía volcada en un racimo de cristal en el
piso. Lo que era más extraño era que Mort se veía como
un predicador del campo. Amy suponía que, en parte, se
debía a la postura que había adoptado; estaba de pie, en
una actitud casi remilgada, con las manos en la espalda.
Pero, sobre todo, era el sombrero. El sombrero negro,
encajado de modo que casi le tocaba las puntas de las
orejas. Pensó que se asemejaba un poco al anciano en la

pintura "Gótico Americano", aun cuando el hombre del cuadro no usaba sombrero.

—¿Mort? —preguntó. Su voz era débil e incierta.

Mort no respondió, sólo la miró fijamente. La mirada era inflexible y reluciente. Nunca había visto así los ojos de Mort, ni siquiera en la horrible tarde en el motel. Era casi como si no fuera Mort, sino algún ser extraño que se parecía a Mort.

Sin embargo, reconoció el sombrero.

—¿Dónde encontraste ese vejestorio? ¿En el ático? —los latidos de su corazón se volcaban en su voz, volviéndola vacilante.

Debía haberlo encontrado en el ático. El olor a naftalina era muy fuerte, incluso desde donde Amy estaba de pie. Mort había comprado el sombrero años antes, en una tienda de regalos en Pennsylvania. Habían estado viajando por la región de los Amish.* Amy había plantado un pequeño jardín en la casa de Derry, en el ángulo donde se unían la casa y el estudio. Era un jardín exclusivo de ella, pero Mort con frecuencia salía a desyerbarlo cuando estaba atorado con una idea. En esas ocasiones, acostumbraba ponerse el sombrero. Lo llamaba su gorra para pensar. Amy recordaba que una vez que lo llevaba puesto se había mirado al espejo y había bromeado que debía usarlo para una foto en la cubierta de sus libros.

—Cuando me lo pongo —había dicho—, me veo como un hombre que pertenece a las parcelas del norte, caminando por los surcos con un arado detrás del trasero de una mula.

Después había desaparecido el sombrero. Debió haber emigrado hasta aquí, y se guardó. Pero...

—Es *mi* sombrero —dijo al fin con una voz mohosa, confundida—. ¿Alguna vez fue de otra persona?

—¿Mort? ¿Qué te pasa? ¿Qué...?

—Se equivocó de número, mujer. Aquí no hay ningún Mort. Mort está muerto —los ojos taladrantes

---

*Secta de menonitas seguidores de Amman que se establecieron en Norteamérica en el siglo XVIII.

jamás vacilaron—. Se enredó en una serie de maquinaciones, pero al final ya no pudo seguir mintiéndose a sí mismo, y mucho menos a mí. Nunca le puse una mano encima, señora Rainey. Se lo juro. Utilizó la salida de los cobardes.

—¿Por qué hablas así? —preguntó Amy.

—Así es como yo hablo —dijo ligeramente sorprendido—. Todos hablamos de este modo en Mississippi.

—¡Mort, *ya basta*!

—¿No entendió lo que *dije*? —preguntó—. ¿No es sorda, verdad? Está *muerto*. Se suicidó.

—Ya basta, Mort —dijo, empezando a llorar—. Me estás asustando y no me gusta.

—No importa —dijo. Quitó las manos de la espalda. En una de ellas sostenía las tijeras del cajón superior del escritorio. Las levantó. El sol había salido, y envió un resplandor titilante a lo largo de las hojas cuando Mort las abrió y después las cerró—. No estará asustada mucho tiempo —empezó a caminar hacia ella.

49

Durante un momento Amy no se movió de su lugar. Mort no la mataría; si hubiese un instinto asesino en Mort, los habría matado a los dos aquel día en el motel.

Entonces vio la expresión en sus ojos, y comprendió que también Mort sabía eso.

Pero no era él.

Amy gritó, se dio vuelta rápidamente y se abalanzó hacia la puerta.

Shooter la siguió, descendiendo las tijeras en un arco plateado. Se las habría enterrado hasta la empuñadura entre los omóplatos si sus pies no resbalan con los papeles esparcidos por el piso de madera. Cayó cuan largo era con un grito mezclado de perplejidad y enojo.

Las hojas de las tijeras se hundieron en la página nueve de "Ventana secreta, jardín secreto" y se rompieron las puntas. Su boca golpeó el piso y roció sangre. La cajetilla de Pall Mall —la marca que fumaba calladamente John Kintner durante los descansos en la clase de prosa que él y Mort habían compartido— salío disparada de su bolsillo y se deslizó por la lustrosa madera como el disco en un juego de tejos en una cantina. Se puso de rodillas, la boca gruñendo y sonriendo a través de la sangre que corría sobre sus labios y dientes.

—¡No le servirá de nada, señora Rainey! —gritó, mientras se poniá de pie. Miró las tijeras, las abrió para estudiar las puntas romas un poco mejor y las tiró impaciente a un lado—. ¡Tengo un lugar para usted en el jardín! ¡Ya lo elegí! ¡Atiéndame ahora!

Corrió tras ella.

50

A la mitad de la sala, Amy se resbaló. Uno de sus pies pisó el ejemplar desechado de la *Revista de Misterio de Ellery Queen,* y cayó sobre un costado, lastimándose la cadera y el pecho derecho. Amy soltó un gritó.

Detrás de ella, Shooter corrió hasta la mesa y tomó el desarmador que había usado con el gato.

¡Quédese donde está, y no se mueva —dijo, mientras Amy rodaba sobre la espalda y lo miraba con ojos desorbitados que casi parecían drogados—. Si se mueve, la voy a lastimar antes de que termine. No quiero lastimarla, señora, pero lo haré si es necesario. Tengo que obtener algo, sabe. Hice este viaje tan largo, y tengo que obtener algo a cambio de mis molestias.

Cuando él se acercó, Amy se apoyó en los codos y se impulsó hacia atrás con los pies. El cabello le caía en el rostro. Su piel estaba cubierta con sudor; podía oler

cómo le brotaba, caliente y fétido. El rostro sobre ella
era el rostro solemne y crítico de la demencia.

—¡No, Mort! ¡Por favor! ¡Por favor, Mort...!

Se arrojó sobre ella, y levantó el desarmador por
encima de su cabeza para después bajarlo con fuerza.
Amy chilló y rodó a la izquierda. El dolor le quemó una
línea a través de la cadera cuando la hoja del
desarmador le rompió el vestido y rasgó su carne. Amy
logró ponerse de rodillas, mientras oía y sentía que el
vestido se desgarraba en una larga tira flotante.

—No, señora —jadeó Shooter. Su mano se cerró en
el tobillo de Amy—. No señora —Amy miró sobre el
hombro y a través de los mechones de cabello y vio que
Mort intentaba extraer el desarmador del piso con la
otra mano. El sombrero negro de copa redonda estaba
ladeado en su cabeza.

Sacó el desarmador de un tirón y lo enterró en la
pantorrilla derecha de Amy.

El dolor fue horrendo. El dolor era el mundo entero.
Amy gritó y lanzó una patada hacia atrás, la cual
conectó con la nariz de Mort, rompiéndola. Shooter
gruñó y se derrumbó sobre un costado, con las manos
en el rostro, y Amy se puso de pie. Oía que una mujer
daba alaridos. Sonaba como un perro que le aulla a la
luna. Suponía que no era un perro. Suponía que era ella.

Shooter se estaba levantando. La parte inferior de su
rostro era una máscara de sangre. La máscara se
entreabrió mostrando los dientes frontales torcidos de
Mort Rainey. Amy recordó que en un tiempo había
acariciado esos dientes con la lengua.

—¿Conque pendenciera, eh? —dijo, con una
mueca—. Está bien, señora. Siga adelante.

Se lanzó sobre ella.

Amy se tambaleó hacia atrás. El desarmador se salió
de su pantorrilla y rodó por el piso. Shooter lo miró y
después se arrojó sobre ella de nuevo, casi jugando.
Amy agarró una de las sillas de la sala y la tiró frente
a él. Durante un momento, sólo se vieron el uno al otro
por encima de la silla... y en eso él trató de atraparla por
el cuello de su vestido. Amy retrocedió.

—Ya me fastidiaron sus tonterías —jadeó él.

Amy se dio vuelta y se precipitó hacia la puerta.

Shooter la siguió de inmediato, asaltándola por la espalda, las puntas de sus dedos se escurrían y resbalaban por la nuca de Amy tratando de aferrar el extremo de su vestido, logró atraparla y después perdió el apoyo que la hubiese arrastrado hacia él sin remedio.

Amy corrió lo más rápido que pudo junto al gabinete de la cocina, hacia la puerta posterior. El pie derecho resbalaba y chapoteaba dentro del zapato. Estaba lleno de sangre. Shooter la perseguía, resoplando y exhalando burbujas de sangre por los orificios de la nariz, sin cejar en el propósito de someterla.

Amy empujó con las manos la puerta protectora, se tropezó y cayó a todo lo largo en el pórtico, el aliento resonante al salir de su boca. Se desplomó exactamente donde Shooter había dejado el manuscrito. Amy rodó sobre sí misma y vio que Shooter se acercaba. Ahora sólo contaba con las manos para atacarla, pero se veían con toda la capacidad para hacerlo. Los ojos de Mort eran severos e impávidos y horriblemente amables bajo el ala del sombrero negro.

—Lo siento mucho, señora —dijo.

—*¡Rainey!* —gritó una voz—. *¡Deténgase!*

Amy trató de mirar a su alrededor, pero no pudo. Se había lastimado el cuello. Shooter ni siquiera lo intentó. Continuó hacia ella, sencillamente.

—*¡Rainey! ¡Deténgase!*

—Aquí no hay ningún Rainey... —empezaba Shooter, y en eso un disparo de pistola atravesó enérgico el aire de otoño. Shooter se detuvo donde estaba, y miró con curiosidad, casi por casualidad, su pecho. Ahí había un pequeño agujero. No salía sangre de él; al menos no al principio, pero ahí estaba el agujero. Puso la mano sobre él, y después la separó. En el dedo índice estaba marcado un pequeño punto de sangre. Parecía un signo de puntuación, el punto que finaliza una oración. Lo miró pensativamente. Después dejó caer las manos y fijó la vista en Amy.

—¿Cariño? —preguntó y después se desplomó junto a ella sobre los tablones del pórtico.

Amy rodó, logró incorporarse sobre los codos y gateó hasta donde estaba Mort, y empezó a sollozar.

—¿Mort? —dijo sollazante—. ¿Mort? ¡Por favor, Mort, trata de decir algo!

Pero no diría nada y, después de un momento, permitió que la invadiera la comprensión. Durante las semanas y meses siguientes, Amy rechazaría el simple hecho de la muerte de Mort una y otra vez, y después se debilitaría y de nuevo la invadiría la comprensión. Estaba muerto. Estaba muerto. Había perdido la razón y estaba muerto.

Él, y quien fuera que había estado dentro de él al final.

Amy apoyó la cabeza sobre el pecho de Mort y siguió llorando, y cuando alguien llegó por detrás y le puso una mano confortante en el hombro, Amy no volvió la cabeza.

EPÍLOGO

Cerca de tres meses después de los acontecimientos en el lago Tashmore, Ted y Amy fueron a entrevistarse con el hombre que había matado de un tiro al primer marido de Amy, un conocido escritor llamado Morton Rainey.

Durante ese periodo de tres meses ya habían visto al hombre en otra ocasión, en la encuesta indagatoria, pero había sido una situación formal, y Amy no quiso hablar con él personalmente. No ahí. Le agradecía que le hubiese salvado la vida... pero Mort había sido su esposo, y ella lo había amado durante muchos años, y en el fondo de su corazón sentía que el dedo de Fred Evans no había sido el único que tiró del gatillo.

Sospechaba que, en su oportunidad, hubiese venido, de todos modos, a fin de esclarecer lo más posible lo que le torturaba la mente. Esa oportunidad podría haberse presentado en un año, o dos, o posiblemente tres, incluso. Pero entre tanto, sucedieron cosas que adelantaron la decisión. Esperaba que Ted estuviera de acuerdo en que fuera sola a Nueva York, pero fue categórico. No después de lo que sucedió la última vez que permitió que fuera sola a cierto lugar. *Esa* vez, casi la habían asesinado.

Amy señaló con cierta aspereza que hubiese sido difícil que Ted "le permitiera ir", puesto que, en primer lugar, nunca le dijo que iría, pero Ted sólo se encogió de hombros. Por tanto, juntos fueron a Nueva York, juntos subieron hasta el piso cincuenta y tres de un gran rascacielos, y a los dos juntos se les condujo a un pequeño cubículo en las oficinas de la Consolidated Assurance Company, a la cual Fred Evans llamaba su hogar durante el día laboral... a menos que estuviese en alguna investigación, desde luego.

Amy se sentó en un rincón, lo más alejada posible, y aun cuando las oficinas estaban bastante cálidas, conservó el chal que la cubría.

La forma de ser de Evans era lenta y amable —a Amy le recordaba en cierto modo al doctor de pueblo que la había atendido durante las enfermedades de la infancia— y le agradaba. *Pero eso es algo que nunca sabrá,* pensó. *Podría recurrir a toda mi fortaleza para decírselo, y él asentiría con un movimiento de cabeza, pero ese gesto no indicaría que me creyera. Sólo sabe que, para mí, siempre será el hombre que mató a Mort y que tuvo que observar cómo lloraba yo sobre el pecho de Mort, hasta que llegó la ambulancia y uno de los paramédicos se vio obligado a ponerme una inyección para que me desprendiera de él. Y lo que no sabe es que me agrada de todos modos.*

Por el intercomunicador, Evans pidió a una mujer de las oficinas exteriores que les llevara tres grandes tazas humeantes de té. Era el mes de enero, el viento intenso, la temperatura baja. Con cierta nostalgia pasajera, Amy pensó en Tashmore, en el lago congelado y ese viento asesino que lanzaba largas y fantasmales serpientes de nieve en polvo sobre el hielo. En eso su mente hizo una oscura asociación desagradable, y vio a Mort cuando caía al suelo, vio la cajetilla de Pall Mall que patinaba sobre la madera como un disco de juego de tejos. Se estremeció, totalmente disipada la breve sensación de nostalgia.

—¿Se siente bien, señora Milner? —preguntó Evans.

Amy asintió con un movimiento de cabeza.

Ted, con el ceño fruncido enfáticamente y jugando con la pipa, dijo:

—Mi esposa quiere enterarse de todo lo que usted sabe acerca de lo que sucedió, señor Evans. El principio traté de desanimarla, pero he llegado a la conclusión de que tal vez sea conveniente. Ha tenido pesadillas desde entonces...

—Por supuesto —dijo Evans, sin que resultara obvio que ignoraba a Ted, pero dirigiéndose directamente a Amy—. Supongo que las tendrá por largo tiempo. Yo he tenido unas cuantas, en realidad. Nunca había matado a un hombre —hizo una pausa, y añadió—. No me tocó ir a Vietnam por un año más o menos.

Amy le ofreció una sonrisa. Era pálida, pero sonrisa al fin.

—Escuchó todo en la averiguación —siguió Ted—, pero quiere oírlo de nuevo, de usted, sin todos los legalismos.

—Entiendo —dijo Evans. Señaló la pipa—. Puede encenderla, si quiere.

Ted la miró, y después la guardó rápidamente en el bolsillo del abrigo, como si se avergonzara un poco de ella.

—En realidad, estoy tratando de dejarla.

Evans miró a Amy.

—¿A qué propósito piensa que servirá esto? —le preguntó con la misma voz amable, casi dulce—. O tal vez la pregunta correcta sería: ¿cuál es el propósito que usted *necesita* que cumpla?

—No lo sé —su voz era tenue y compuesta—. Pero Ted y yo estuvimos en Tashmore hace tres semanas, para limpiar el lugar... lo hemos puesto a la venta... y sucedió algo. Dos cosas, de hecho —miró a su esposo, y ofreció la sonrisa pálida de nuevo—. Ted sabe que ocurrió *algo,* porque fue entonces cuando me puse en contacto con usted e hicimos esta cita. Pero él ignora qué fue, y me temo que está molesto conmigo. Tal vez tiene razón en estarlo.

Ted Milner no negó que estuviese molesto con Amy. Metió la mano al bolsillo del abrigo de nuevo, empezó a sacar la pipa, y después la soltó.

—Pero estas dos cosas... ¿están relacionadas con lo que sucedió en su casa del lago en octubre?

—No lo sé. ¿Señor Evans... *qué* sucedió? ¿Cuánto sabe *usted*?

—Bien —dijo Evans, se recargó en la silla y tomó un sorbo de la taza de té—, si vino en espera de todas las respuestas, saldrá decepcionada. Puedo informarle acerca del incendio, pero en lo concerniente a por qué su esposo hizo lo que hizo... es probable que usted pueda llenar más vacíos que yo. Lo que más nos intrigaba en el incendio, era el lugar donde se inició... no fue en la casa principal, sino en la oficina del señor Rainey, la cual es un anexo a la casa. Esto hacía que el acto pareciera dirigido contra él, pero él ni siquiera estaba ahí.

"Después encontramos un gran trozo de botella en las ruinas de la oficina. Había contenido vino... champaña, para ser exacto... pero no cabía duda de que el último contenido había sido gasolina. Parte de la etiqueta estaba intacta, y enviamos una copia por fax a Nueva York. Se identificó como Moët et Chandon, mil novecientos ochenta y tantos. No era prueba irrefutable de que la botella que se utilizó para el coctel Molotov proviniera de su propia casa, señora Milner, pero era muy convincente, puesto que usted anotó más de una docena de botellas de Moët et Chandon, algunas de 1983 y otras de 1984.

"Esto nos condujo a una suposición que parecía clara, pero no muy sensata: que usted o su ex marido habían incendiado su propia casa. La señora Milner dijo que salió y no cerró con llave la casa..."

—Eso me ha costado una buena cantidad de sueño —dijo Amy—. Con frecuencia se me olvidaba si sólo iba a salir un rato. Crecí en un pequeño pueblo al norte de Bangor y los hábitos no se olvidan con facilidad. Mort acostumbraba... —le temblaron los labios y quedó en silencio por un momento, oprimiéndolos con tal fuerza que se volvieron blancos. Cuando logró controlarse, terminó su idea en voz baja—. Acostumbraba reprenderme por eso.

Ted le tomó la mano.

—No tenía importancia, desde luego —indicó Evans—. Si usted hubiese cerrado con llave, de todos modos el señor Rainey habría entrado puesto que él todavía tenía las llaves. ¿Correcto?

—Sí —dijo Ted.

—Si hubiese cerrado con llave se habría acelerado un poco el descubrimiento, pero es imposible saberlo con seguridad. De todos modos, la predicción de errores cometidos es un vicio del cual tratamos de alejarnos en este negocio. Existe la teoría de que causa úlceras, y yo me suscribo a ella. El punto es el siguiente: en vista del testimonio de la señora Rainey... perdón, la señora Milner... de que la casa estaba sin llave, al principio creíamos que el incendiario podía ser cualquiera, literalmente. Pero una vez que empezamos a especular con el supuesto de que la botella provenía de la cava en el sótano, se estrecharon las posibilidades.

—Porque *ese* cuarto estaba cerrado con llave —dijo Ted.

Evans asintió con un movimiento de cabeza.

—¿Recuerda que le pregunté quién tenía llaves de ese cuarto, señora Milner?

—Dígame Amy, por favor.

Evans asintió.

—¿Lo recuerda, Amy?

—Sí. Empezamos a echarle llave a la pequeña cava hace tres o cuatro años, después de que desaparecieron algunas botellas de vino tinto de mesa. Mort pensaba que era el ama de llaves. Me resistía a creerlo, porque me agradaba esa mujer, pero sabía que podría tener razón, y probablemente la tenía. La cerramos con llave para no tentar a nadie.

Evans miró a Ted Milner.

—Amy tenía una llave de la cava, y creía que el señor Rainey todavía tenía la suya. Eso limitaba las alternativas. Desde luego, si había sido Amy, usted tendría que haber sido su cómplice, señor Milner, puesto que ambos se proporcionaban mutuamente una coartada para esa noche. El señor Rainey no tenía coartada, pero estaba a una distancia considerable. Y lo principal era esto: no podíamos imaginarnos el motivo para el delito. Su trabajo les había proporcionado tanto a él como a Amy una buena posición financiera. No obstante, buscamos huellas digitales y encontramos dos buenas. Esto fue al día siguiente de nuestra reunión en Derry. Ambas huellas pertenecían al señor Rainey. Todavía no era prueba...

—¿*No lo era?* —preguntó Ted, sorprendido.

Evans movió la cabeza.

—Las pruebas de laboratorio confirmaron que las huellas eran anteriores a que se chamuscara en el incendio lo que quedaba de la botella, pero no se pudo determinar cuánto tiempo antes. El calor secó los aceites en ellas. Y si era correcta nuestra suposición de que la botella provenía de la cava, vaya, alguien tuvo que sacarla de la bolsa o caja en que llegó y guardarla en el soporte. Ese alguien tenía que haber sido el señor o la señora Rainey, y él podría argumentar que así había dejado las huellas.

—No estaba en condiciones de argumentar nada —dijo Amy en voz queda—. No al final.

—Me imagino que es verdad, pero *nosotros* lo ignorábamos. Todo lo que sabíamos es que cuando las personas toman una botella, generalmente la sostienen por el cuello o por la parte superior del barril. Estas dos huellas estaban cerca del fondo, y el ángulo era muy peculiar.

—Como si la hubiese llevado de lado o incluso boca abajo —interrumpió Ted—. ¿No fue eso lo que declaró en la audiencia?

—Sí... y las personas que conocen algo de vino, no hacen eso. En la mayoría de los vinos, se altera el sedimento. Y en la champaña...

—La sacude —dijo Ted.

Evans asintió con la cabeza.

—Si se sacude muy fuerte una botella de champaña, la presión la hará estallar.

—Pero de todos modos, no había champaña en ella —dijo Amy en voz baja.

—No. No obstante, aún no era una prueba. Recorrí las estaciones de gasolina del área para averiguar si alguien parecido al señor Rainey había comprado una pequeña cantidad de gasolina esa noche, pero no tuve suerte. No me sorprendió demasiado; pudo haber comprado la gasolina en Tashmore, o en medio centenar de estaciones de servicio entre los dos lugares.

"Entonces fui a ver a Patricia Champion, nuestra única testigo. Llevé una fotografía de un Buick 1986, la marca y modelo que suponíamos había conducido el señor Rainey. Dijo que *podría* haber sido el auto, pero no estaba segura. Me había metido en un atolladero. Volví a la casa para proseguir las indagaciones, y en eso llegó *usted,* Amy. Era temprano, en la mañana. Quería hacerle algunas preguntas, pero era obvio que estaba alterada. Le *pregunté* el motivo de su presencia, y usted me respondió algo peculiar. Dijo que iba al lago Tashmore a ver a su esposo, pero primero había ido ahí a mirar el jardín."

—En el teléfono, hablaba constantemente de lo que llamaba mi ventana secreta... la que miraba al jardín. Dijo que había dejado algo ahí, pero no había nada. Nada que yo pudiera ver, como sea.

—Cuando nos conocimos, tuve una sensación extraña acerca del hombre —dijo Evans, con lentitud—. La sensación de que no estaba... en sus cabales por completo. No se trataba de que mintiera en algunas cosas, aunque estoy seguro de que lo hizo. Era algo distinto. Una especie de lejanía.

—Sí... yo la sentía cada vez más en él. Esa lejanía.

—Usted se veía casi enferma por la preocupación.

Decidí que lo mejor que podía hacer era seguirla hasta la otra casa, Amy, especialmente cuando me dijo que si el señor Milner llegaba a buscarla, no le dijese adónde había ido. No creí que la idea fuese de usted. Pensé en la posibilidad de averiguar algo ahí. Y también pensé... —sus palabras se esfumaron con expresión confundida.

—Pensó que podría pasarme algo —dijo Amy—. Gracias, señor Evans. Me hubiera matado, ya lo sabe. Si usted no me sigue, me habría matado.

—Me estacioné en el extremo del camino de entrada y seguí a pie. Escuché en terrible alboroto dentro de la casa y eché a correr. Eso fue cuando usted cayó desde la puerta protectora y él salió detrás de usted.

Evans miró a ambos con la mayor seriedad.

—Le pedí que se detuviera —afirmó—. Se lo pedí dos veces.

Amy extendió la mano y apretó suavemente la de él por un momento, y después la soltó.

—Y eso es todo —dijo Evans—. Sé un poco más, mayormente por los diarios y dos pláticas que tuve con el señor Milner...

—Llámeme Ted.

—Ted, entonces —Evans no parecía estar tan dispuesto adoptar el primer nombre de Ted como lo había estado en el caso de Amy—. Supe que el señor Rainey sufrió lo que probablemente fue un episodio esquizofrénico, durante el cual se dividió en dos personalidades, y ninguna de las dos tenía idea de que, en realidad, habitaban el mismo cuerpo. Supe que uno de ellos se llamaba John Shooter. Por la declaración de Herbert Creekmore, supe que el señor Rainey imaginaba que este Shooter lo acosaba por un cuento llamado "Temporada de siembra", y que el señor Creekmore hizo arreglos para que se le enviara un ejemplar de la revista en la que aparecía el cuento, a fin de que el señor Rainey pudiese demostrar que él lo había publicado primero. La revista llegó poco antes que usted, Amy, se encontró en la casa. El sobre de Federal Express estaba en el asiento del Buick de su ex esposo.

—Pero recortó el cuento, ¿no es verdad? —preguntó Ted.

—No sólo el cuento, también la página del contenido. Tuvo cuidado de eliminar todo rastro de él mismo. Llevaba una navaja del ejército suizo, y es factible que eso sea lo que usó. Las páginas faltantes estaban en la guantera del Buick.

—Al final, la existencia de ese cuento llegó a ser un misterio, incluso para él —dijo Amy en tono bajo.

Evans la miró, las cejas arqueadas.

—¿Perdón?

Amy movió la cabeza.

—Nada.

—Creo que le he dicho todo lo que sé —manifestó Evans—. Lo demás, es mera especulación. Después de todo, soy investigador de seguros, no psiquiatra.

—*Era* dos hombres —dijo Amy—. Era él mismo... y se convirtió en un personaje que creó. Ted considera que el apellido, Shooter, fue algo que Mort escuchó y almacenó en la memoria cuando supo que Ted era originario de un pequeño pueblo llamado Shooter's Knob, Tennessee. Estoy segura de que tiene razón. Mort siempre componía los nombres de los personajes en esa forma... casi como anagramas. Desconozco el resto... sólo puedo adivinar. *Sé* que cuando un estudio cinematográfico retiró su opción de la novela *La familia Delacourt,* Mort casi sufrió un colapso nervioso. La compañía puso muy en claro... y lo mismo hizo Herb Creekmore... que les preocupaba una similitud accidental, y comprendían que él nunca pudo haber visto el guión cinematográfico, el cual se llamaba *El equipo de la familia*. No se habló de plagio... excepto en la cabeza de Mort. Su reacción fue exagerada, anormal. Era como revolver con una rama lo que parece una fogata apagada y descubrir un carbón encendido.

—¿No supone que creó a John Shooter para castigarla a usted? —preguntó Evans.

—No. Shooter tenía la misión de castigar a Mort, creo... —hizo una pausa y se ajustó el chal, tirando de él para que le cubriera mejor los hombros. Luego tomó la taza de té con una mano que no tenía una estabilidad completa—. Creo que en el pasado, Mort se robó el trabajo de otra persona —dijo—. Es probable que haya sido mucho tiempo atrás, porque todo lo que escribió desde *El chico del organillero* tuvo amplia difusión y supongo que hubiese salido a relucir. Dudo que en realidad haya publicado lo que se robó. Pero creo que eso fue lo que sucedió, y que de ahí surgió Shooter *realmente*. El origen no fue que la compañía de cine rechazara su novela o... mi etapa de relación con Ted ni el divorcio. Tal vez todo contribuyó, pero considero que la raíz data de una época anterior a que yo lo conociera. Después, cuando estuvo solo en la casa del lago...

—Llegó Shooter —dijo Evans en tono bajo—. Apareció y lo acusó de plagio. La persona a quien le robó el señor Rainey nunca lo hizo así que, al final, él tenía que autocastigarse. Pero dudo que eso fuera todo, Amy. *Trató* de matarla.

—No —dijo ella—. Ése fue Shooter.

Evans levantó las cejas. Ted la miró con atención y después sacó otra vez la pipa del bolsillo.

—El *verdadero* Shooter.

—No la comprendo.

Amy mostró la pálida sonrisa.

—Yo misma no lo entiendo. Por eso estoy aquí. No creo que esta conversación sirva a ningún propósito práctico... Mort está muerto, y todo terminó... pero me puede ayudar a mí. Me puede ayudar a que duerma mejor.

—Entonces, díganos lo que quiera, por supuesto —dijo Evans.

—Verá, cuando fuimos a limpiar la casa, nos detuvimos en la pequeña tienda del pueblo... Bowie's. Ted llenó el tanque de gasolina... siempre ha sido de autoservicio en Bowie's... y yo entré a comprar algunas cosas. Ahí estaba un hombre, Sonny Trotts, quien acostumbraba trabajar con Tom Greenleaf. Tom era el más viejo de los dos encargados que murieron. Sonny quería expresarme cuánto lamentaba lo de Mort y quería decirme algo más, porque él vio a Mort el día anterior a que muriera y trató de decírselo a él. Y me lo dijo. Era acerca de Tom Greenleaf... algo que Tom le contó a Sonny cuando estaban pintando la Parroquia Metodista. Sonny vio a Mort después de eso, pero no pensó en decírselo de inmediato, dijo. Después recordó que tenía que verse con Greg Carstairs...

—¿El otro hombre que murió?

—Sí. Así que se dio la vuelta y llamó a Mort, pero Mort no lo oyó. Y al día siguiente, Mort había muerto.

—¿Qué le contó el señor Greenleaf a este sujeto?

—Que pensaba que había visto un fantasma —dijo Amy con toda calma.

Los dos escuchas la miraron, sin hablar.

—Sonny dijo que últimamente Tom se olvidaba de muchas cosas y eso le preocupaba. Sonny pensaba que no era más que la falta de memoria normal que ocurre cuando envejece una persona, pero Tom había atendido a su esposa, quien padeció la enfermedad de Alzheimer cinco o seis años antes, y le aterrorizaba que él pudiese morir del mismo mal. Según Sonny, si Tom se olvidaba una brocha, se pasaba medio día obsesionado con eso. Tom había dicho que ésa fue la razón por la cual, cuando Greg Carstairs le preguntó si reconocía al hombre que había visto hablando con Mort Rainey el día anterior o si lo reconocería si lo volvía a ver, Tom afirmó que no había visto *a nadie* con Mort... que Mort estaba solo.

Se oyó el chasquido de una cerilla. Después de todo, Ted Milner había decidido encender la pipa. Evans lo ignoró. Estaba inclinado hacia adelante en la silla, la mirada fija, absorta, en Amy Milner.

—Pongamos esto en claro. Según este Sonny Troots...

—Trotts.

—Está bien, Trotts. Según él, ¿Tom Greenleaf *vio* a Mort con alguien?

—No exactamente —dijo Amy—. Sonny pensaba que si Tom hubiese creído eso, creído con toda seguridad, no le habría mentido a Greg. Lo que Tom dijo fue que no sabía *qué era* lo que había visto. Estaba confundido. Le pareció más prudente no mencionar nada al respecto. No quería que nadie... Greg Carstairs, en particular, quien se dedicaba a la misma actividad que él... supiera lo confundido que estaba y, sobre todo, no quería que nadie creyera que podría estarse enfermando del mismo mal que se esposa.

—No estoy seguro de entender esto... lo siento.

—Según Sonny — continuó Amy—, Tom pasó por la avenida del Lago en su Scout y vio a Mort, de pie, donde termina el sendero del lago.

—¿Cerca de donde se encontraron los cadáveres?

—Sí. Muy cerca. Mort lo saludó con la mano. Tom le respondió en la misma forma. Continuó su camino. Después, de acuerdo con lo que dice Sonny, Tom miró por el espejo retrovisor y vio a otro hombre con Mort, y una furgoneta, aunque diez segundos antes ni el hombre ni el auto habían estado ahí. El hombre llevaba un sombrero negro, dijo... *pero se podía ver a través de él, y del auto, también*.

—Oh, Amy, —dijo Ted en voz baja—. Ese hombre te estaba tomando el pelo. Una buena guasa.

Amy negó con la cabeza.

—No creo que Sonny tenga la suficiente inteligencia para inventar una historia así. Me dijo que Tom pensaba que debía ponerse en contacto con Greg y decirle que era posible que hubiese visto a ese hombre, después de todo; que estaría bien si no mencionaba la parte de que se veía a través. Pero Sonny dijo que el viejo estaba aterrorizado. Estaba convencido de que era una de dos cosas: o era víctima de la enfermedad de Alzheimer o había visto un fantasma.

—Bueno, ciertamente es espeluznante —dijo Evans. Y lo era... la piel de los brazos y espalda se le había erizado como carne de gallina durante un momento o dos—. Pero es un testimonio de oídas... de hecho, el testimonio de un hombre muerto.

—Sí... pero hay otra cosa —dejó la taza de té en el escritorio, tomó su bolso de mano y empezó a rebuscar en él—. Cuando estaba limpiando la oficina de Mort, encontré el sombrero negro, ese horrible sombrero negro, detrás del escritorio. Me causó una impresión terrible, porque no lo esperaba. Pensaba que la policía se lo había llevado como evidencia, o algo así. Lo enganché con un palo por detrás. Quedó al revés, con el palo por dentro. Utilicé el palo para sacarlo y tirarlo en el gabinete de la basura. ¿Me entiende?

Era evidente que Ted no entendía; era evidente que Evans sí.

—No quería tocarlo siquiera.

—En efecto. No quería tocarlo. Quedó con la parte superior hacia arriba en una de las bolsas verdes de basura... podría jurarlo. Después, cerca de una hora más tarde, saqué una bolsa de medicinas y champús viejos y otras cosas del baño. Cuando abrí la tapa del gabinete de basura para dejarla ahí, el sombrero estaba volteado otra vez. Y esto estaba insertado en la badana —del bolso, sacó una hoja de papel doblada y se la tendió a Evans con una mano que todavía temblaba ligeramente—. No estaba ahí cuando saqué el sombrero de detrás del escritorio. *Lo sé.*

Evans tomó el papel doblado y lo sostuvo por un momento. No le gustaba. Era demasiado pesado, y la textura tenía algo raro.

—Creo que *había* un John Shooter —dijo Amy—. Creo que fue la creación más grandiosa de Mort... un personaje tan vívido que *se convirtió* en un ser real.

—Y creo que éste es un mensaje de un fantasma.

Evans desdobló la hoja de papel. Escrito a la mitad de la página estaba este mensaje:

Señora —lamento todas las molestias. Se perdió el control sobre los acontecimientos. Voy de regreso a casa. Conseguí mi cuento, que es a lo que vine en primer lugar. Se llama "La milla del abrojo" y es excelente.

Sinceramente,

John Shooter

La firma era un escueto garabato bajo las pulcras líneas escritas.

—¿Es ésta la firma de su difunto esposo, Amy? —preguntó Evans.

—No. No se parece en nada.

Los tres permanecieron sentados en la oficina, mirándose unos a otros. Fred Evans trató de pensar en algún comentario y no pudo. Después de un rato, el silencio (y el olor de la pipa de Ted Milner) llegó a ser más de lo que podía soportar cualquiera de ellos. Así que el señor y la señora Milner expresaron su agradecimiento, se despidieron y salieron de la oficina para proseguir con sus vidas lo mejor posible, y Fred Evans prosiguió con la propia lo mejor que *pudo,* y algunas veces, ya avanzada la noche, tanto él como la mujer que había estado casada con Morton Rainey, despertaban de sueños en los cuales un hombre con un sombrero negro de copa redonda los miraba con ojos descoloridos por el sol, atrapados en redes de arrugas. Los miraba sin amor... pero, ambos sentían, con una extraña clase de lástima severa.

No era una expresión amable, y no dejaba sensación de consuelo, pero ambos sentían también, en lugares diferentes, que podrían encontrar espacio para vivir con esa mirada. Y cultivar sus jardines.